悲歌《エレジー》

中山可穂

角川文庫
17771

目次

隅田川

1

掃き溜《だ》めのような街の底で、わたしは輝くけものを見た。

あのころの渋谷の街は、わたしには掃き溜めにしか見えなかった。まだイラン人の麻薬密売人がうろうろする前であり、女子高生が手っ取り早くお金を稼ぐために下着やセーラー服を売ったり、見ず知らずの中年男とカラオケに行くだけで数万円を稼いでいた頃のことだ。援助交際に精を出す女の子たちがだらしなく引き摺《ず》っていたぶかぶかの白いルーズソックスは、薄汚れた恥知らずの精神をあらわす醜い象徴のように見えた。

その少女たちはふたりでゲームセンターに入ってきて、奥まった場所にあるプリクラを物色しはじめた。見たところ十五、六歳といったところだろう。きちんと学校の制服を着て、くるぶしのところで折り畳まれた清潔な白いソックスと黒い革靴をはいていた。わたしが彼女たちに目を惹きつけられたのは、彼女たちがふたりとも品のある綺麗な顔立ちをしていたからというだけではなく、ふたりがしっかりと手をつないでいたからだ。

もちろん少女たちが手をつなぎあうのは何も珍しいことではない。親愛のしるしとして少女たちはかるいボディタッチを絶え間なくするものだ。しかしそのふたりの手のつなぎ方にはもっと切実な情愛のようなものがこめられていた。この人ごみのなかではぐれたら二度とめぐりあえない、一瞬でも手を離せば大事な何かがすりきれてしまう、だから片時も離れたくない、というような。

掃き溜めに鶴、という言葉を思い浮かべながら、わたしはそのふたりを何となく眺めていた。ふたりは一台のプリクラの前で興味深そうに足を止めた。それはメタモルフェイスという名前の機種で、男女のカップルが写真を撮るとコンピュータがふたりのあいだの子供の顔をシミュレートして合成写真をつくる、という話題のマシンだった。一組のカップルがふたりの愛の結晶とはどんなものかと撮影におよび、にやにやしながら写真の出来上がりを待っているところだった。ふたりの少女は食い入るようにそのプリクラマシンを見つめ、真剣な表情で何事かひそひそと話し合っていた。やがてカップルの写真が取り出し口から排出されてきた。カップルは肩を寄せ合って写真を眺め、楽しげに笑いころげた。

「いやーん、こんな子ができちゃうのォ？」

「結構かわいいじゃん」

「なんか変だよ。女の子なのに髭生えてるしい」

「俺の髭が合成されちゃったんだろ。それ以外はかわいいじゃんか。妙にリアルだし」

「ほんとにこんな顔の子供ができたらこわいよね」

「試してみる？」

「やだあ、もう」

このマシンを使ったあとには、たいていどのカップルも同じような反応をするものだ。

子供の写真を見て大笑いし、感心したり悪態をついたりしたあとで、前よりもいくぶんイチャイチャしながら雑踏に消えてゆく。

ふたりの少女はそんなカップルの様子をじっと眺めていたが、やがて意を決してゲームセンターの管理人であるわたしのところへやって来た。このときも手はつないだままだった。まるで目に見えない接着剤によって結びつけられているようだった。

「あのう、これって女どうしでやるとどうなるんですか？」

「さあ、どうかな。試しにやってみたら？」

もちろん女どうしでやっても子供の写真はちゃんと出てくる。コンピュータは顔の骨格だけで判断するから、男女だろうが同性だろうが関係ないのだ。どうする？　というようにふたりは顔を見合わせた。

「やってごらんよ。もし写真が出なかったらお金返してあげるからさ」

わたしはなぜそんなことを言ったのだろう。目に見えない接着剤で結びつけられるべきもうひとつの手を、ついに一度も持ちえなかったからか。こんなにせっぱつまった様子でこのプリクラマシンを見つめる者の気持ちが、わたしには痛いほどわかるからか。

少女たちは頷いてコインを入れ、マシンのなかに入った。写真の出来上がりを待っているふたりの姿は、合格発表を待つ受験生のような真摯な緊張感にあふれていた。出てきた写真を見て、ふたりは少し笑ったと思う。ほんの一瞬、目と目をあわせて、うすい微笑を洩らしたと思う。それを見て、わたしも少し微笑んだかもしれない。

だが次の瞬間に彼女たちの顔に浮かんだ表情を見て、わたしは胸を衝かれるような痛みを覚えた。怒り、憎悪、あるいはふかいふかい絶望。瞳のなかにたまった涙をガソリンにして、ふたりは青く強い炎を燃やしていたのである。見た瞬間にこちらの目をも焼き焦がしそうな、それは烈しく揺るぎのない炎でありながら、しんとした静けさに満ちていた。でも指で触れたらきっとおそろしい火傷をしてしまう、少なくとも指先の指紋が削《そ》がれて肉を溶かし骨を瞬く間に透かしてしまう、それはそんな炎だった。

青ざめて立ち尽くすふたりにわたしはかける言葉をもたなかった。うっかり何か声をかけたら青い炎のレーザー光線で胸を撃たれてしまいそうな気がした。他の客の応対をしているあいだにふたりはいつのまにか店からいなくなっていた。

次にふたりを見たのは、それから一時間後のことである。

わたしがトイレに立ったほんの数分のあいだにふたりは再びここへ戻ってきた。

わたしが気づいたとき、ふたりはもうメタモルフェイスの前に立っていた。

その手の中に握られているものがあまりに場違いだったので、何の冗談なのだろうとわたしは思った。

ふたりの少女はそれぞれの手に金属バットを握りしめていたのだ。そして、何の躊躇もなく、ふたりはそのプリクラマシンに向かって力の限りバットを振り下ろしたのである。

性根の捻じ曲がったサーカスのライオンに教育的鞭を与える猛獣使いのように毅然とした態度で。あるいは、ファシストの圧政に耐えて耐えて耐えかねてついに牙をむき、鋤と鍬を武器にかえて最初の一撃を振り下ろす革命の暴徒のように峻厳なかおつきで。何度も何度も、ふたりの少女は、安っぽい幻想を売りつけるいんちきな機械を叩きのめした。悪びれた様子はどこにもなく、正々堂々として確信に満ちたそのふるまいは、まわりの者たちを圧倒する力をもっていた。

やめなさい、とわたしは立場上ふたりに言うべきだったのに、声を失ってただ茫然と見とれるばかりだった。黄金の羽根をもつ輝くけものが今、朝露の敷きつめられたまっさらな草原を縦横無尽に疾走していく。わたしにはそんなふうに見えた。一打ごとにこまかい金属片やガラスのかけらを浴びながら黙々と愚鈍な機械を打ち据えるふたりを見て、わたしは、ああシャッターを切りたい、と突き上げるように思った。今ここにカメラがあれば。そんなことを思ったのは、数年ぶりのことだった。わたしがカメラを捨ててから、初めてだったかもしれない。

ふたりはただ機械を壊しているのではない。思春期の苛立ちを物言わぬ機械にぶつけているのでもない。わたしにはわかる。ふたりは何かもっと大きなもの、神が拵えた人類の神秘の営みにたいして、痛烈な異議申し立てをしているのだ。どんなに愛し合っても女どうしでは子供をつくることはできない。男と女なら愛なんかなくてもセックスさえすれば簡単に子供をつくることができるのに、どんなに女どうしの至高の愛をもってしても、最先端の科学の力をもってしても、生殖の掟だけはどうすることもできない。わたしには聞こえる。ふたりが奥歯を噛みしめて胎《はら》に力をこめ、体じゅうの筋肉を軋ませながらおこなっている無言の破壊行動は、神への呪詛の言葉であふれている。ふたりは見てはいけないものを見てしまったのだ。この世に決して存在するはずのない、ふたりの愛の結晶の姿を。笑ってすませることができないほど、それはふたりにとって残酷な夢の透視図だったのだ。

「そんなことしたって何にもならないよ」

わたしはできるかぎりやさしく言ってみた。ひとりには聞こえないようだったが、もうひとりのほうがビクッとしてわたしを振り返った。いないと思っていた管理人がそこにいたので、ひどくびっくりした様子だった。意志的なアーモンド色の瞳をもつ、しなやかに反り返る体の線が美しい鋼《はがね》を思わせる、もし十年前に出会っていたらたちまちノックアウトされて身も世もなく恋い焦がれていたに違いない、宝石の原石のような女の子だった。彼女は一瞬強い目でわたしを睨みつけ、それからもうひとりの少女の手をつかんで引き寄せ、あっという間に逃げ出した。それでわたしは、自分がいつのまにか彼女たちとは彼岸にいる大人になってしまったのだということに寂しく気づいたのだった。

戦禍のあとが生々しく残る現場に呆然と佇んでいると、誰がいつ通報したのか警官がやって来て、これは派手にやられましたね、と声をかけてきた。それでわたしは自分の置かれている立場まで思い出すことになった。ゲームセンターの管理人としてはこのままですますわけにはいかないだろう。警察に被害届を出し、本社に連絡し、壊れたマシンの処理を業者に依頼し、散らかった店内をすみやかに片付けて原状復帰を急がなくてはならない。

　でもそのすべてがわたしにはどうでもいいことだった。できることなら今この場で会社をやめて、彼女たちが放り出していった金属バットを手に取り、中途半端に終わった破壊の続きを最後まで全うしたい。そしてあの輝くけものを追いかけて、あの目を、あの怒りを、あの絶望を、あの美を、わたしのカメラにおさめてみたい。わたしのライカはまだ質屋の蔵にあるだろうか。あのカメラを請け出すのに必要なお金はとっくに溜まっていたはずなのに、なぜわたしはいつまでも忘れたふりをしていたのだろう。

「それにしても小銭を奪うにしちゃあ、白昼堂々、大胆なことをするよねえ。しかも女の子がねえ。世も末だよねえ」

　残骸を調べていた警官が言った。あの子たちはそんなんじゃない、と言おうと思ったが、言ってもわからないだろうと思い、黙っていた。この男に彼女たちの犯行動機を説明したところで理解するのに一晩はかかりそうだし、それが何か意味あることなのかといえば、身につけていたばかりの下着を売る破廉恥な女子高生に道徳を説くのと同じくらい無意味な行為である気がした。

「それでその子たち、どんな制服着てました？」

「さあ……制服なんてみんな同じに見えるから」

「色は？　セーラーだとかブレザーだとか、何かしら特徴があるでしょう」

「びっくりしてよく覚えてないんですが、紺色っぽかったような……」

彼女たちは確か白っぽいブレザーを着ていたと思い出しながら、わたしは適当にごまかして言った。犯人など捕まらなければいいと思った。どうせ会社は保険をかけているのだから、こんなマシンひとつ壊されても痛くも痒くもないはずだ。わたしは気だるい疲れを感じながら、警官の質問に答え続けた。

あの少女たちが隅田川に身を投げたのは、渋谷でメタモルフェイスをぶち壊してからわずか数時間後のことだった。

わたしがそれを知ることになったのは、週刊誌の記事によってである。高校一年生の女生徒ふたりが隅田川に飛び込んだ心中事件のことは新聞記事を読んで知っていたが、それがあのふたりではないかとピンときたわたしは、さらに詳しい後追い記事を求めて各週刊誌の見出しを気をつけて眺めるようになった。ふたりが同じ日に渋谷のゲームセンターでちょっとした騒ぎを起こしていたことを突き止めて記事にした週刊誌が一誌あり、そこにはふたりが恋愛関係にあったということまではっきりと書かれていた。

ああやっぱり、とわたしは雑誌を立ち読みしながら声に出して言った。激しく胸は痛んだが、なぜか少しも驚かなかった。発射されてしまった弾丸はどこかに突き刺さるしかないのだろう。あのふたりが立ちのぼらせていた暴力的な純愛の気配はただごとではなく、あらかじめ死の気配を含んでいたのだ。輝くけものは森へは帰らず、帰るべき森をもたず、何かに追われるようにして人間の都会を駆け抜け、冷たい隅田川へ飛び込んでしまった。わたしを最も打ちのめしたのは、片方が生き残ってしまったということだった。

「二人は桜橋から身を投げた。隅田川の水深は意外と深く、流れも速い。二人を結びつけていた紐が流される途中でほどけてしまい、二人は水中で離れ離れになった。駒形橋のたもとに停泊していた屋形船に激突し、船長に助けられたおかげで、A子さんは一命を取りとめることになった。だがB子さんのほうはまっすぐに川下へと流れ流れて、翌朝、相生橋のたもとで水死体で発見された。ほとんど隅田川の中流から下流までを縦断する、長く孤独な死出の旅だった」

　その記事を書いた記者が取材のために渋谷の店を訪ねて来たとき、わたしはもう店にはいなかった。あのあと本当に会社をやめてしまったからだ。ふたりの少女が川に飛び込んだちょうど同じ頃、わたしは辞表を書いていたことになる。あるいは質屋の店頭で愛用のライカと数年ぶりの再会を果たしていた時刻だったろうか。

　記事を読み終えるとわたしはいても立ってもいられなくなり、呼吸ができなくなるほど胸苦しくてたまらなくなり、気がつくと電車に飛び乗っていた。隅田川の中流はたしか浅草のほうだったはずだ、と思い、浅草で降りるとタクシーを拾って、

「桜橋まで行ってください」

　と言った。

　ふたりがもし望みどおりに一緒に死ねていたならば、わたしはこんなにも動揺はしなかっただろう。しっかりと握り合わされたふたつの手を、わたしは見てしまったのだ。

合成写真を見てさみしそうに微笑む横顔を、そのあとで神への怒りに身をふるわせて暴れた小さな背中を、わたしはこの目で見てしまった。見てしまったからには、平気で眠れるはずがない。生き残ったほうの少女がこれから幾千もの夜を不眠のまま生きてゆかねばならぬのなら、わたしはせめて、今夜だけでも眠りのない夜を共にしよう。

ふたりが身を投げたという桜橋のたもとに立って、わたしはライカのシャッターを切った。誰が置いたのかそこにはいくつかの花束が供えられていた。渋谷のセンター街から、この橋のたもとまで。メタモルフェイスから、隅田川心中まで。そのあいだに何があったのかは知るべくもない。わたしは花を捧げるかわりにシャッターを切り続けた。ふたりが最後に見た景色を、橋や水面や行き交う船や滲むネオンの揺らめきを。呼吸するように写真を撮っていた頃のことが自然と甦ってきて、わたしの頭は痺れるように熱くなっていた。

生き残ったほうの少女
という言葉が、ふとわたしの胸の底でひっかかり、次第に生き物のように膨らんでいった。それはふたりのうちどちらだったのか？　あのとき挑むようにわたしを睨みつけた、アーモンド色の意志的な瞳の持ち主のほうか？　だとするなら、あの子はこの先生きてはゆけまい。きっと恋人の後を追うに違いない。断言してもいい、あの子は死ぬ。もう一度死ぬ。いとしい恋人のそばに行くまで、何度でも死ぬ。

カメラをもつ手が汗で滑り、ファインダーが涙で曇ってきた。わたしはなぜ自分がこれほどまでに揺さぶられているのかわからなかった。死なせたくない、生きていてほしい、と思った。水中で紐がちぎれて離れ離れになってしまったこと、それがふたりの運命だったのだ。生き残ってしまったのなら、このままもう少し生きていってほしい。わたしは柄にもなく彼女にそう言ってやりたかった。

それはまったく柄にもないことだ、と自分で自分がおかしくなった。生きていたっていいことなんか何もないのに。二十六年間生きてきて、それがわたしの正直な実感だった。愛は失われ、夢は破れ、この世から戦争とテロがなくなることはなく、たいていの人間はみなひとりぼっちで死んでいく。人生なんてわざわざ長生きするほどの価値があるのだろうか。わたしはいつもそう思っていた。それなのに、一体これはどうしたことだ。わたしは名前も知らない少女に向かって、死んではいけない、と叫びつづけている。

でも職を失い、身ひとつでカメラしかもたぬわたしにできることといえば、ただ写真を撮ることだけだった。この薄汚れた醜い世界の隙間に隠れている美しいもの、圧倒的なものを注意深く取り出して、人々の前に差し出すこと。それが写真の仕事なら、わたしは写真家になりたい。あの子に向かって、死に急ぐすべての少女たちに向かって、世界はまだこんなにも美しいのだと知らせたい。指に吸い付くライカの感触、これだけは無条件で信じることができる。

わたしは涙を拭いてカメラを構えた。

その瞬間からわたしは写真家になった。

わたしはかつて写真家の卵だったことがある。

写真学校を卒業し、プロのカメラマンのスタジオでアシスタントとして働いていた。わたしがついていた先生は商業写真を専門に撮るひとで、特に料理をいかにもおいしそうに撮ることにかけては第一級の腕前の持ち主だった。いくつもの女性誌でページをもっており、海外での撮影もひんぱんにあった。わたしは重たい機材を担いで春のプロヴァンスや秋のトスカーナ、冬のニューヨークや夏のバリ島を歩き回り、一流レストランのシェフがつくる料理を先生が気持ちよく撮影できるよう、神経を張り詰めて万全の準備を整えることに奔走していた。

仕事は楽しく、毎日が充実していた。わたしはアシスタントとしての仕事の傍ら、暇をみつけては自分の撮りたい写真を撮って、先生に指導を仰いでいた。わたしは先生を心から尊敬していたので、どんなに給料が安くても、仕事がハードでほとんど休みがなくても、まったく苦にならなかった。そこで十年もアシスタントを務めれば、いずれは独立できるだろうと考えていた。

ある日、先生がパリのレストランで撮影したウズラの蒸し焼きの写真を見て、わたしは突然激しい嘔吐に襲われた。それはフランスのグルメ雑誌の表紙を飾った評判のいい一枚で、ウズラの肉の香ばしい食感とその上にかけられたトリュフソースのビロードのような光沢までも見事に再現したものだった。料理写真としてはまず文句のつけようのないものだ。でも見れば見るほど嫌悪感が募り、耐え難いくらいに寒々しくなってきた。それから食べ物の写真を見ると必ず嘔吐するようになってしまい、わたしは仕事ができなくなった。そしてそのまま写真の世界から遠ざかったのだった。

あのときの嘔吐と嫌悪感はうまく説明することができない。それはまったく突然にやって来て、地に足をつけていられないほどの荒々しさでわたしを攪乱し、そして仕事をやめると同時に突然去っていった。それは嵐のようなものだった。通り過ぎてからわかることだが、嵐というものはまともにその中に入ってしまうと時に命取りになることがある。うまくかわすことができたのは、とても運がよかったのだ。

自分がなぜ写真家になりたかったのかも長いあいだ忘れていた。

川の流れは忘れていたことをよく思い出させる。

先生は若いころ、世界中を限なく歩いて、その土地土地の人々が口にする食べ物だけを撮影した写真集を出したことがある。モンゴルの平原で羊を解体し、その新鮮な血をおいしそうに啜る人々。ネパールの山間部で老婆が頬張っているカレー味の豆スープ。インドネシアの路上で売られている蠅のたかったドリアン。パリの八百屋に芸術品のように並べられたぴかぴかの野菜たち。トルコの兵隊が国境の村で飲んでいる飴《あめ》色のチャイ。上海の街角で湯気を上げる屋台のトウモロコシ。リスボンの石畳の路地に七輪を出して鰯を焼く家族。初夏のドイツの朝市に並んだ泥つきのホワイトアスパラガス。シベリア鉄道の駅舎へおばちゃんたちがバケツに入れて売りに来るピロシキ。北アフリカの砂漠で子供たちがおやつがわりに食べるなつめやしの実……。

それはすばらしい写真集だった。誰に注文されて撮ったわけでもない、商業主義とは無縁の、自費出版によるこの写真集は、先生の出世作になった。こんなに力強く生気と野趣を漲らせ、しかもエロティックに撮られた食べ物の写真は見たことがなかった。わたしはそれを見て、自分もこんな「生きた」写真を撮りたいと思い、先生のスタジオの門を叩いたのだ。

先生は世界一タフで、体のすみずみまでヴァイタリティに満ちあふれた魅力的な女性だった。わたしはその写真だけでなく、その人柄にも夢中になった。敬愛の念が恋愛感情に変わるのにたいして時間はかからなかった。先生の目尻に刻まれた皺や、腰まわりについた贅肉や、剝げかけたペディキュアをわたしはとても美しいと思った。つまりわたしは、恋に落ちたのだ。

二十代の女の子が師にあたる四十代の女性に恋をすれば、まるごと人生を支配されることになる。はじめのうち、それは快いことだった。子猫が親猫のまねをして生きるすべを身につけていくように、わたしは写真のこともセックスのことも人生のことも何もかも先生から教わった。わたしは本当に先生のことを愛していたと思う。ふたりの子供ができたらいいのに、というのが当時のわたしの口癖だった。

「子供がほしければ男とつきあえば？」

「ただ子供がほしいんじゃないの。先生とわたしの子供がほしいの」

「そんな非科学的なこと、考えるだけ無駄よ」

先生もわたしを愛し、誰よりもかわいがってくれたが、愛することにかけては底なしの許容量をもつ多情家で、しかも男も女も同じように愛するひとだったので、わたしは絶え間なく嫉妬に苦しめられることになった。わたしが子供を夢想したのは、子供がいたら先生を独り占めできるのではないかと思っていたからかもしれない。誰かよその男に先生を孕まされるのではないかという恐怖にわたしはいつも怯えていた。そんなときにあの嘔吐がやってきたのだ。

「あなたはわたしの写真に嘔吐しているんじゃなくて、きっとわたし自身に嘔吐しているのね。心身のバランスを崩すほど人を愛するのはもうやめなさい。わたしから離れて、ひとりで一人前になりなさい」

先生は悲しそうにそう言って、わたしを恋の苦しみと仕事の苦痛から解放してくれた。退職金がやけに多かったので、体《てい》よく捨てられたのだ、とわかった。そのときになって初めて、わたしは自分が先生をどれほど深く憎んでいるかに気づいたのだった。

でも先生と離れて写真への情熱も興味もなくしてしまったわたしは、自力で一人前になろうとする努力もせず、先生から貰ったお古のライカを質屋に売り飛ばすことによって、恋愛にも写真にも決着をつけたつもりでいたのである。

恋愛のほうは決着がついたが、写真のほうはそう簡単にはいかなかったのだろう。

先生から貰ったものはすべて捨てたが、このライカと、自分で買った先生の処女写真集だけは手放すことができない。それを眺めていると今でも先生の息遣いが聞こえてくるようで苦しくなるのだが、個人的な感情を凌駕してなお胸に迫るものがある。これ一冊だけであのひとは永遠に存在しつづけるのだ。愛の記憶が消えても。わたしがあのひとの名前を忘れても。あのひとが死んでも、わたしが死んでも、あのひとの愛した男や女がみんなこの世からいなくなっても。

2

わたしは毎日、隅田川に来ている。

そして一枚か二枚、写真を撮る。

それがここ数年間のわたしの日課だ。

いつかどこかであの少女に会えるのではないかと思って足を運んでいるうちに、川の表情にすっかり魅せられてしまったのだ。

隅田川とひとくちに言っても、その全長は二十三・五キロにもおよび、東京東部の七つの区にまたがって南北に流れ、東京湾へと注ぐなかなかの大河である。流域には銀座や浅草といった繁華街、築地の魚市場、月島や佃島、両国や柳橋といった風情豊かな下町がひろがり、また最先端のウォーターフロントの顔もあわせもつ、見どころの多い川である。大きいものだけで二十近くもある橋のひとつひとつに個性と味わいがあり、昼と夜とでは姿も違い、遠目で見るのと実際に渡ってみるのとではまた異なる顔が見えてくる。歩いても歩いても飽きることがない。

川へ飛び込もうという人間があらわれるのは暗いうちだろうから、わたしも夜になってから行くことが多かった。そのうちにわたしは、時々奇妙な人物と鉢合わせすることに気がついた。あるときは新大橋の上で、またあるときは勝鬨橋のたもとで。中の島公園にいたこともあれば、清洲橋下の遊歩道にいたこともある。その男はいつも黒いマントに身をつつんでいて、しかもそのマントの背中には真紅の薔薇の刺繍が施されているから、いやがうえにも目立ってしまう。マントの下は白いワイシャツと黒ズボンで、ナイキのスニーカーをはいていた。年格好はよくわからないが、そんなに若くないということだけは確かなようだ。

何しろ服装が服装だから、見かけてもなるべく目をあわさないように注意を払っていたのだが、あるとき厩橋の上ですれ違いざまにいきなり声をかけられ、わたしは腰をぬかしそうになった。そこはちょうど照明灯がひとつ切れていて、薄暗くなっているゾーンだったからなおさらびっくりした。

「つかぬことをお尋ねしますが、お嬢さんはこんな時間にいつも何をしておられるのですか?」

舞台俳優のようによく通る、凛とした響きの声だった。あらためてまわりを見回すまでもなく、そこにはわたししかいなかった。お嬢さんというのはきっとわたしのことなのだ。

「え……わたしに言ってるの？」

「これは驚かせて申し訳ございません。たびたびお見かけして、ずっと気になっていたものですから」

「ええと……写真を撮ってるんだけど」

丁寧な言葉遣いといい、紳士的な物腰といい、無視して通り過ぎてしまうには忍びないような佇まいがこの男にはあった。

「なぜわざわざこのような時刻に？」

「夜の隅田川が好きなの。何か文句ある？」

「文句などはございませんが、いささか心配でございます。この時刻には魔物が出ます。魔物に引きずり込まれるようにして川へ飛び込む女の子たちが後をたちません。わたしはそんな女の子たちを魔物から守るために、夜ごと川べりをパトロールしているのです」

男の顔は真剣そのものだった。とてもふざけているようには見えなかった。変質者とは言わないまでも、やはりちょっと頭のネジの弛んだ危ない人かもしれない。わたしは曖昧な笑みを浮かべながら少しずつ男から後ずさりはじめた。

「お待ちなさい、お嬢さん。死に急いではなりません。何が悲しくてこんなに冷たい川に飛び込むのですか？　後に残されるご両親のことを考えたことがありますか？」

「はあ?」

「隅田川の川底には若い女の血を吸うおそろしい竜が棲んでいますよ。男や年増女の血は吸いません。若い女の血だけです。江戸の昔からこの川に飛び込む乙女たちの血を吸い続けて肥え太り、やつが寝返りをうつだけで隅田川を氾濫させてきました。都庁の安全対策課にはこの竜を退治するためのプロジェクト・チームまであるんです。本当ですよ」

「そ、それはすごいわ……」

わたしが三歩後ずさると、男も正確に三歩詰めてきた。二歩動けば、男も二歩。息をひそめるようにしてぴったりとわたしについてくる。一体この男は何なのだ。痴漢や変質者にしては奇妙に礼儀正しいところがあるし、何よりこの男の目は痴漢や変質者に特有の粘着質な光を発していない。とすると、ただのおせっかいの変人なのか。言っていることはまともではないが、少なくとも危害をくわえられるおそれはなさそうだ、とわたしは思った。

「それだけではありません。この川がどんなに汚いかご存知ですか? 無数の屋形船から垂れ流されるゴミ、夜陰に潜むカップルたちが捨てていく使用後のコンドーム、そして川岸にずらりと並ぶホームレスたちの青テントから大量に排出される生活汚水がこの川にうようよと流れ込んでいるんです。こんな川に飛び込めば、たとえ溺死を免れたとしても、ばい菌に感染して疫病にかかることは避けられません。いいですか、それがたちの悪いばい菌なら、顔が紫色に膨れ上がり、体じゅうに斑点ができて、高熱のために悶え苦しみながら死んでいくことになるかもしれないのです。お嬢さん、あなた、そんなふうに死にたいですか？」

「いやあ、それはちょっと……」

「そうでしょうとも。わかってくれたのでしたら、早くおうちに帰って暖かいベッドに入っておやすみなさい」

「ていうか、別にわたし、川に飛び込む気なんてないんだけど」

「いいえ、わたしの目はごまかせませんぞ。死にたがる女の子を見つけることにかけては、わたしはちょっとしたスペシャリストなのですから」

「だから、わたしは死ぬ気なんてないんだってば」

「本気で死にたがる人間ほど、そう言い張るものです。でもわたしの目に留まったということは、あなたはまだどこかで迷っているのです。心の底では生きたがっているのです。そうでなければとっくに飛び込んでいたでしょうからね」

「いいかげんにしてよ、おじさん。それにそのお嬢さんっていうのもやめてくれないかな。だいいちこのわたしが乙女に見える？」

わたしはさすがにため息をついた。死にたがる女の子を探しているのはこっちのほうだ、とわたしはこの勘違い男に言ってやりたかった。そのとき、わたしのなかで小さく閃くものがあった。

「おじさん、今スペシャリストって言ったよね？　そうは見えないけど私服の警察官なの？　それとも補導員とか保護司とか、福祉関係の仕事でもしてるの？」

「わたしの職業をお尋ねなら、今のところは無職です」

「じゃあ、ボランティアでパトロールしてるの？」

「そんな大げさなものではありません。強いて言うならわたしの仕事は、キャッチャー・オン・ザ・リバー、といったところでしょうか」

キャッチャー・イン・ザ・ライをもじっているのだろう。わたしは少し笑ってあげた。隅田川にダイブする女の子たちを救うべく、両手をひろげて待ち構えている黒マントの男。でも彼は笑わなかった。どうやらこの男は真剣なのだ。

「これまで川に飛び込んだ女の子を救ったことある？」

「今年に入ってからは三人。一人は酔って足を滑らせただけでしたが、あとの二人は靴を脱いでその上に遺書が置いてありました。飛び込む寸前の女の子なら、数え切れないほど助けてきました。女の子たちには悲しいことがいっぱいあるから、結構わたしは忙しいのです」

「飛び込んだ子の命を助けたあとはどうするの？」

「川から引き揚げたら、まず風邪をひかないようにこのマントでくるんでやります。そのためにわたしはこのようなマントを身につけているのです。それから焚き火をして、熱いお茶を飲ませて、体を暖めてやりながらゆっくりと話をします。少し落ち着いてきたところで、熱いうどんを食べさせます。そのあとは、泣きたいだけ泣かせて、暴れたいだけ暴れさせて、眠りたいだけ眠らせてやればもう大丈夫。夜が明ける頃には、すっきりとした顔で帰っていきます。二、三日もすれば、わたしに会ったことすらきれいに忘れてしまうでしょう」

「そのなかに、心中の生き残りの子はいなかった？」

そのとき男の瞳の色が、微妙に変化したように見えた。あるいは雲が流れて月が翳《かげ》り、彼の上に降り注ぐ月光のトーンが変わっただけなのかもしれない。

「なぜそんなことを訊くのです？」

「わたしはその子を探しているの」

「お知り合いなのですか？」

「知り合いというほどのものではないけど、袖振りあうも他生の縁っていうやつよ」

「その心中というのは……十六歳の女の子ふたりが一緒に隅田川に飛び込んだ、五年前の事件のことですね？」

あらためて五年前と言われると、わたしにはうまく現実感がつかめなかった。あれからもうそれだけの時間が流れたのだ。少女はすでに少女ではなく、とっくに成人しているはずだ。

「五年前……もうそんなになるのね」

すると男は、突然体を折り曲げて手のひらで口元を覆い、吐くような体勢でひくい唸り声を上げはじめた。だが彼は吐いているのではなかった。彼は泣いているのだった。

「ど、どうしたの？」

おおおおお、おおおおお、と男は地鳴りのように啜り泣いていた。手のひらで押さえていないと口から内臓が吐き出されてきそうな勢いで、そしてもう片方の手は嗚咽をこらえるために太腿を痣が残りそうなほど強くつかんで、男は橋の欄干に覆い被さって咆哮を上げた。これほどまでに悲痛な様子で大の男が泣くのを見たのは初めてだった。

「ちょっと、おじさん……大丈夫？」

「娘だったのです」

「ええっ？」

「あの事件を起こしたのは、わたしのかわいい娘だったんですよ」

わたしは絶句して息をのんだ。

月光が男のふるえる背中を照らすのを、ただ眺めていた。そして、そのふるえがおさまるのを待って、訊ねた。

「どっちだったの？　助かったほう？」

「残念ながら、亡くなったほうでした。娘は小さいころから意志の強い子で、やると決めたことはどんなことをしてもやり遂げる子だったのです」

「そうだったの……おじさんの娘さんだったの……ねえ、写真もってる？」

男は首からぶら下げたロケットをはずして見せてくれた。蓋をあけると、アーモンド色の瞳がわたしの目を射る眩しさでそこにあった。

ああ、あの子だったのだ。わたしの前を駆け抜けていった輝くけものは、もういない。永遠に少女の姿のまま、この川のどこかで眠り続けている。

「これは娘の骨です」

男はズボンのポケットから、白いかけらを大事そうに取り出して見せた。それは川面に浮かんだ儚い花びらのようだった。風に吹かれて散りかかり、命の樹から零《こぼ》れて落ちた、やさしい花びらのようだった。

「いつもポケットに入れて、時々握りしめてやるんです。寂しがりますからね。骨には記憶がありまして、寂しがると泣くように軋むんですよ。そんなときはこうして握りしめてやると安心するみたいです」

「五年間ずっと持ち歩いてるの？」

「はい、肌身離さず。そしてこれは、娘の髪です」

男は小さな巾着も首からぶら下げていた。中から一束の毛髪をつまんで見せて、指先でそっと撫でさすった。

「生きているあいだに、もっとこうして髪を撫でてやればよかったのです。恥ずかしがらずにね。ほら、まだこんなに柔らかいんですよ。まるで生きているようだから、時々シャンプーしてやるんです。リンスもね」

マントの下から次から次へと手品師のように娘の一部を取り出すさまは、五年という歳月を経てもなお癒されることのない深い悲しみがこの男のすべてを喰い尽くし続けていることを物語っていた。最後に男はマントの背中の薔薇を見せて言った。

「この薔薇をご覧ください。娘の遺体から血を抜いて、その血をまぜこんで染め上げた糸で織らせたものです。薔薇は娘の好きな花だったんです。特に燃えるような真紅のやつが大好きで。遺体は燃やしてしまいましたが、娘の血はいつもわたしとともにあり、隅田川に身を投げる少女たちを守ってくれているのです」

そう言われて見ると、たしかにその赤にはたった今心臓を切り裂いて噴き出した鮮血のような生々しさがあった。

この男は少し狂っているのかもしれない。親というものは何と哀れな生き物なんだろう。

「わたしは娘を弔うために薔薇園をつくりました。全財産をつぎこんでこの近くの土地を買い、敷地のすべてを赤い薔薇だけで埋め尽くしたのです。娘の墓もそこに移しました。でも娘の魂はまだ水の中にあるので、毎日一本ずつ花を切って川へ投げ込んでやるのです」

「そこまでするなんて、おじさんはいい父親だったんだね」

「とんでもない。わたしは最低の父親でした。バカのつく仕事人間だったんです。一日二十時間は会社にいて、家にはほとんど寄りつかなかった。当然といえば当然なのですが、娘が小学生のときに女房が家庭外恋愛をして離婚になりましてね。娘を連れて出て行ってしまった。あれには参りました。髪の毛がね、一気に半分くらい抜けちゃったんですよ。あなたの養育費なんかいらない、娘にもう会わないでほしい、って言われまして、わたし仕事も手につかなくなりましてね。面会も拒否されるもんだから、学校の前に車停めて、娘が出てくるのをじっと待っていたりしたもんです。娘はわたしに気づいても知らんふりして通り過ぎていくんです。それはもうせつなくてね。でも新しい父親とうまくいってないみたいで、一年もすると女房が娘を押し付けてきました。彼女も仕事をもう一度はじめて何かと大変だったんでしょう。わたしにとってはラッキーでしたね。一緒に暮らしたい、もう一度娘を取り戻したいと願い続けていれば、気持ちは神様につうじるんだと思いました」

わたしは橋の上に腰を下ろして、男の長い話に耳を傾けていた。ビールがあればよかったと思っていると、男がマントの内ポケットからウイスキーの小瓶を取り出して渡してくれた。本当にどんなものでもひょいひょい出てくる魔法のマントみたいだ。わたしは礼を言ってひとくち飲んだ。

「それで、一緒に暮らしたの？」

「でもね、うまくいかないんです。娘はもうわたしの娘ではなくなっていたんです。まるで宇宙人みたいにとらえどころがなくて、意思の疎通もできないんです。話しかけても返事もしない、すぐに怒る、部屋に閉じこもって出てこない。とにかくどう扱っていいのかわからない。それでもわたしは娘を愛していました。娘をきちんと育てるために、残業のない部署に異動さえしたんです。毎日この手で食事を作って食べさせたいと思いました。あの子は煮魚が好きでしてね、週のうち二度は作ってやりました。わたしの作ったものをあの子が文句言わずに食べてくれさえすれば、わたしは幸せでした」

「やっぱりいい父親じゃん」

「でも人は、ただの父親として生きてはいけないものなのでしょうか。好きな女ができまして、女もわたしを好いてくれまして、つきあうようになりました。娘は中学生です。母親の前例がありますから、わたしはもう再婚なんかするつもりはありませんでした。女もそのことはわかってくれていたんです。娘が難しい子供だということも理解してくれていました」

「難しい子供？」

「思春期というのは誰にとっても難しい時代だと思いますが、あの子はちょっと変わった子供でした。親のわたしが言うのもなんですが、体の中にものすごいエネルギーをもっていて、それがまわりの人間に絶大な影響を及ぼしてしまうんです。ほとんど爆弾のようでした。たとえばあの子が怒りのエネルギーを誰かに向ければ、その相手を徹底的に打ちのめさずにはいられないほどの攻撃力を発揮する。教師を攻撃して鬱病にさせたことも一度や二度ではないですし、わたしと女を別れさせることもあの子にとっては簡単なことでした。そして愛情のエネルギーが爆発すれば、なりふりかまわず破滅するまで突っ走ってしまう。あの子が誰かを好きになれば、相手も必ず好きにならずにはいられないようなところがあった。エネルギーの力で人の心を屈服させてしまうことができたんです。我が子ながら、それはちょっとこわいくらいでした。芸術家には向いているかもしれないが、間違っても政治家にさせてはならないと思いました。あの子は、そうですね、わたしに言わせれば気の毒な子でした。何につけても痛々しくて、とても見てはいられなかった。もっと普通に生きられたらよかったのに」

男は深い息を吐いて、ウィスキーを口に含んだ。飲み下すのをためらうようにゆっくりと口の中でころがして、歯の一本一本に酒の味を染みわたらせるようにして味わってから、喉の奥へ流し込んだ。男の孤独がこちらの骨の一本一本にまで乗り移ってきそうな飲み方だった。

「おじさんは娘さんの供養のためにこんなことしてるの？」

「わたしが隅田川に立ちはじめたのは、生き残った相手の子を後追い自殺から思いとどまらせるためでした。娘がきっとあの世から呼ぶに違いないと思ったんです。わたしには理解できないことでしたが、ふたりはとても愛し合っていたようですから」

「その子はそれからどうなったの？　隅田川へもう一度死にに来たの？」

「いいえ。今では結婚して、普通に幸せに暮らしています。こないだ子供も生まれたそうです」

「そう。それはよかった」

たぶん喜ぶべきなのだろう。でもわたしは複雑な気持ちだった。子供ができたと聞いて、何となく腑《ふ》に落ちないような、もっと言えば裏切られたような、釈然としない気分がした。と同時に、その早すぎる結婚に痛ましさも覚えていた。でもきっと彼女が死なずにすむためには、そうするしかなかったのだろう。

「あなた、さっき写真を撮っているとおっしゃいましたね。カメラマンなのですか？」

「うん。娘さんのおかげでわたしは一人前の写真家になれたの。お父さんに言うのも変な話だけど、お礼を言わせてね。ありがとう」

わたしは背中の薔薇に触れて言った。そうしたらこの薔薇を撮りたくなってきた。この薔薇を背負った男を、撮りたいと思った。

「娘があなたのお役に立ったのなら、何よりでした。わたしからもお礼申し上げます」

「ついでにひとつお願いがあるんだけど。おじさんの写真を撮らせてくれないかな」

「いや、わたしの写真なんかめっそうもございません」

「隅田川で女の子たちを守るキャッチャー・オン・ザ・リバーの写真を撮りたいの。その薔薇のマントを着て決死の女の子たちを受け止めるあなたの姿をわたしはどうしても撮りたいの。あなたの仕事の邪魔はしないわ。あなたのあとを影のようについて歩いて、気づかれないようにシャッターを切るから。お願い、撮らせて。おじさん、お願いします」

「どうかそんなに頭を下げないでください。わかりました。これも何かのご縁でしょう。わたしでよければお役に立たせていただきます」

「ありがとう」

男は立ち上がって、そろそろパトロールに戻らなくては、と言った。

「おじさんはどこに住んでいるの？」

「川のそばです。家賃のかからないところです。冬は寒いですが、慣れればまあまあ快適です。とにかく少しでも川のそばに、娘のそばにいたかったんです」

ああ、彼はホームレスだったのだ。仕事だけでなく家まで捨てて、欲も得もなく、狂熱的な使命のためにおのれを捧げた男。わたしはこの男のすべてを撮りたいと思った。段ボールの家も、そのなかで眠る姿も、夜中じゅう歩き続ける足取りも、悲しみに濡れた灰色の瞳も、爪の中に詰まった泥までも。この男の生きている気配をそっと切り取って、誰かに伝えたい。おそらくはこの世界のいたるところにいる、死にたがっている者たちに。彼が先ほど見抜いたように、そこにはわたし自身も含まれているのかもしれない。

「それでは、おやすみなさい。わたしはいつでも川の近くにいます。写真を撮りたくなったらおいでください」

「あ、待って。名前を教えて」

「忘れました」

「じゃあ、何て呼べばいいの？」

「そうですね。ばらの騎士、とでも」

男はマントをひるがえして去っていった。

闇の中に浮かび上がる真紅の薔薇が、生き物のようにひくひくと蠢《うごめ》いていた。

3

それからしばらくのあいだ、ばらの騎士に会いに行くことはできなかった。

急に仕事が忙しくなり、立て続けに地方や海外での撮影が入ったりもして、隅田川へ行くことができなくなったのだ。わたしの仕事は暇なときは結構暇なのだが、いったん仕事が入りはじめるとどういうわけか切れ目がなくて、だらだらと蟻地獄のような日々が続いてしまうことになる。フリーランスで仕事をしている駆け出しのカメラマンにとっては、仕事の注文が貰えることだけで有り難く、断ることなどもってのほかなので、多少の無理には慣れてしまった。

やれやれ、それにしても「ばらの騎士」か、とわたしは思った。R・シュトラウスのオペラ「ばらの騎士」では、ばらの騎士とは婚約のしるしである銀のばらを届ける使者のことであり、その役目を振り当てられたオクタヴィアンは十七歳の美少年ということになっている。あの不吉な影を漂わせていた中年男とはあまりにもイメージが違いすぎて、笑ってしまう。ロココ調の華やかなオペラの住人と、闇を纏《まと》った隅田川の番人と。そのギャップの大きさはただただ滑稽であり、ばらの騎士という言葉を口にするだけで力がぬける。ふざけているのではなく、大真面目なところが何とも言えない。

それでも撮影や移動の合間に、気がつくといつも彼のことを考えていた。彼の全身から濃密に滴っていたむせ返るような悲哀が、遠く離れていてもわたしのまわりに忍び込んでくる感覚につねに囚《とら》われていた。それは不思議な感覚だった。彼の目を通して世界を再び見ているような、彼の孤独と虚無がまるごと乗り移ってしまったような、自分が元の自分ではなく、もっと悲しい自分になっているような、そして体のなかに川が流れているような感覚だ。目を閉じると川の流れる音がして、鼻先に川の匂いを感じ、川を渡る風が頬をすりぬけていくような感じがいつもいつもしていた。

「最近、写真が変わったね」

一緒に仕事をしている雑誌の編集者にそう言われたのは、撮影したばかりのフィルムのポジを見ながら雑談しているときだった。今回は温泉旅館の写真を撮っただけなのだが、時々はっとするような鋭いことを言うひとなので、思わず訊いた。

「えっ、そうですか？　どんなふうに？」

「何となくだけど、全体のトーンが暗くなったような気がする」

「そうかなあ」

「何か心境の変化でもあった？」

「別にないですよ。いいことも悪いことも何にもなし。ちょっと疲れてるのかなあ」

「でもこの暗さは悪くないよ。北欧あたりのリアリズム映画のワンシーンみたいだ。これなんか、ちょっとベルイマンっぽくない？」

「温泉旅館のPR写真がベルイマン風じゃまずいですよね。ごめんなさい。撮り直しましょうか？」

「いや、その必要はないよ。むしろ強調しよう。焼くときにちょっとセピアを強くして仕上げたら、乾いたノスタルジーの雰囲気が出ていいんじゃないかな」

彼のその読みは見事に当たり、思いがけない展開をみせた。広告主である旅館が営業用のパンフレットを作り直すことになってカメラマンにわたしが指名され、「あの重厚な感じで」撮ってくれと頼まれてその通りにしたら、いたく気に入られて仕事が増えた。その旅館のオウナーは全国にいくつものホテルチェーンをもつ実業家で、そのすべてのパンフレットをわたしの写真で作り直すことになったのである。実業家はわたしを拘束するために破格のギャラを払ってくれた。おかげで収入は増えたが、隅田川へ行く時間はますますなくなってしまった。

「あなたの写真には哀愁のようなものがありますね。建物を撮っても風景を撮っても、涙の膜が一枚かかっているような、暗い情感が滲み出ています。暗いというより、重いというべきかな。いや、深いというべきかもしれない。ホテルのコマーシャル写真にはあまり向いてないという意見も社内にはあったが、僕は気に入った。なぜこのような写真が撮れるのですか？」

わたしの写真は実業家のツボにはまったらしい。食事に招待されて行ってみると、見るからにワンマン社長らしい風貌の男が興味深そうにわたしを待っていた。

「さあ、自分ではよくわかりません。わたしはいつも通りにシャッターを切っているだけですから」

「あなたの写真を見ているとね、僕はいつも独特の感覚に浸されるんです。祖国を亡命した詩人の詩を読んでいるときとか、内戦のボスニアで家族を殺されたジャーナリストの手記を読んでいるときに感じる感覚とそれはよく似ている。追い詰められた魂にしか表現できないもの、とでもいうのか。まだそんなにお若いのに、何かよほどの体験でもしたんですか？」

そんなことを言われたのは初めてだったので驚いた。写真の質感が変わったことは編集者から指摘されていたが、ただのコマーシャル写真からそこまで感じ取っている人間がいるなんて思ってもいないことだった。

「いいえ、特別な体験は何もしていないと思います」

「自分では覚えていない子供の頃に何かあったのかもしれませんね。強烈な原体験をしたとか？」

「そういう話を聞いたこともありませんけど」

「まあ、詮索はやめておきましょう」

わたしの写真が変わったとしたら、それはおそらくばらの騎士のせいだろう。彼の灰色の瞳から放たれる強い光に射ぬかれて、わたしのなかに滔々《とうとう》と川が流れだし、その水流が涙の膜を作ったのだろう。夜の隅田川のほとりで、あの月光の下で、背中の薔薇に触れた指先から、わたしは彼の追い詰められた魂をそっくり吸い取ってしまったのだ。

心が痛い。ちぎれそうに痛い。痛くて痛くてたまらない。痛むのはわたしの心ではなく、あの男の心だ。わたしのなかにあの男が棲みついてしまった。祖国を亡命した詩人のように、戦場をさまようジャーナリストのように、安息を渇望しつづける魂がわたしのなかで暴れまわっている。この痛みから解放されるためには、彼の苦しみを癒してやるよりほかにない。安らかに眠れる夜をもたらしてやるよりほかにない。

その方法はひとつしかない。死にたがる少女たちをなくせばいい。ばらの騎士は、死にたがる少女たちの影法師なのだ。本体が消えれば影法師も消える。でもこの世から死にたがる少女たちをなくすことは、戦争をなくすことよりはるかに難しいことのように思える。

「あなたは川の写真ばかり撮っているそうですね」

ワンマン社長が食後のコーヒーを飲みながら言った。たぶん編集者から聞いたのだろう。

「ええ。お金にはなりませんけど。何年も隅田川にかよって、自分のためだけに撮っているんです。それは仕事とは言えないんです」

「それ、仕事にしませんか。写真集を作りましょう。うちがスポンサーになりますよ」

「有り難いお話ですが、そんな写真集は売れませんよ」

「たくさんは売れないでしょうが、そこそこは売れるでしょう。たとえば僕のように、あなたの写真に惹きつけられる人間は必ずいる。それで充分じゃないですか。僕はビジネスマンです。芸術で金儲けしようなんて思っちゃいません。金儲けならよそでやります。金儲けに疲れた頭を慰めるために芸術というものは存在するんじゃないですか？あなたは余計なことは考えないで、自分の撮りたいように撮ればいいんです。僕はぜひその写真を見てみたい」

願ってもない話だった。コーヒーを飲み終えるまでのあいだに話が決まった。追い詰められた魂に感応するのは、同じように追い詰められた魂だけだ。この社長もまた、どこかでよほどの体験をしてきているに違いない。涙の膜が見える者は、自身の内側に川が流れているのかもしれない。

このようにして、再びわたしの隅田川がよいがはじまった。

写真集にするならどんなに精選してもゆうに三冊ぶんの写真はたまっていたのだが、今あらためて見直してみると、ばらの騎士に会う以前に撮ったものには何かが決定的に足りない気がして、とても発表する気にはなれなかった。わたしにはわかっている。足りないのは、涙の膜だ。わたしにはどうしてもばらの騎士が必要だった。被写体としてだけではなく、あの男がじわじわと放射している悲しみの力を何度でも吸い取ってファインダーの向こうに注ぎ込みたい。そのためにわたしの目玉がどろどろに溶けてもかまいはしない。わたしの胸が焼け焦げても、血管が切れて逆流しても、一枚でもいい写真が撮れれば悔いはない。

でもいざ探そうとすると、なかなかばらの騎士を見つけることはできなかった。彼の携帯電話の番号をきいておけばよかったと思ったが、いやしくも騎士と名乗るような古めかしい男がそんなものを持っているはずはないと思い直した。川に来ればいつでも会えると思っていたのに、連絡を取る方法がまったくないとわかって愕然とした。

わたしは川沿いにぎっしりと並んだホームレスたちの段ボールハウスを一軒ずつ訪ねていった。そして、薔薇の絵のついた黒マントを着てこのあたりをパトロールしている、少し変わった中年の男の人を知らないかと訊ねてまわった。奇妙なことに、彼を知っている者はどこにもいなかった。あんた幻でも見たんじゃないの、とからかわれるのがおちだった。

わたしが見たものは、幻だったのか？

それとも、ただの妄想だったのだろうか？

「ねえあんた、煙草もってない？」

その夜も段ボールハウスを訪ね歩き、成果を得られないまま空しく帰路につこうとしたとき、背後から誰かがつけてきて橋を渡りきったところで声をかけてきた。さっき話を聞いた女のホームレスのひとりだった。テントの中には連れの男性がいたから、あるいは言いにくいことがあったのかもしれない。わざわざ追いかけてきたのは、何か情報をくれようとしているのだろう。

「あいにく吸わないので持ってないけど、そこのコンビニですぐ買ってきます。ちょっと待っていてください」

悪いね、と女は言った。わたしは走って大通りに出て、通り沿いのコンビニへ駆け込んだ。マイルドセブンをワンカートンと百円ライター、それに缶ビールを半ダース買って、女の気が変わらないうちに大急ぎで元の場所に戻った。女は同じところでぽつんと待っていた。コンビニの袋を差し出すと、女はもう一度、悪いね、と言った。さっきは五十代くらいに見えたが、照明灯の下で見ると思ったより若くて、まだ四十代かもしれない。

「あのさ、もしかしてあんたの探してる男って、ハーレムさんのことじゃないかと思ってさ」

「ハーレムさん？」

「そう、ハーレムさん。入れ替わり立ち替わり若い女の子をテントに連れ込んでるから、そう呼ばれてる」

「その人、黒いマントを着てるんですか？」

「マントの中に女の子を隠してさらってくるんだって、みんな言ってる。あれはロリコンだね。高校生くらいの子供ばっかり専門だからね」

「さらってくる？」

「噂だけどね。こないだも刑事が聞き込みに来たよ。ほら、墨田区と足立区で連続誘拐事件あったでしょ。ハーレムさん、警察に目つけられてるみたいよ」

「まさか。あの人は人助けをしてるんですよ。隅田川に飛び込む女の子たちを救ってるんですよ」

思わず強い口調で言い募るわたしをまじまじと眺めて、女が笑った。

「なるほどね。こうやって女を騙《だま》すんだね。まんまとひっかかるもんだねえ」

「わたしには、とても悪い人には見えませんでしたけど」

「ハーレムさんはいい人だよ。腰は低いし、規律も守るし、面倒見もいいし。ただちょっとロリコンなだけ」

「ロリコンだからって誘拐犯とはかぎらないでしょう」

「あの男が本当に犯人かどうかなんて、あたしらの知ったこっちゃないんだよ。あの男が警察に疑われてるってことが問題なんだ。テント村全体が一斉捜索なんかされた日にゃ、たまったもんじゃないんだよ。そんなことにでもなったら、あたしらの居場所がなくなっちまうんだよ」

「だからみんな、彼のこと知らないって言ったんだ」

「そういうこと。悪いこと言わないから、あんたもあの男には関わらないほうがいいよ。誘拐犯じゃないにしても性犯罪はやってるだろう。やばい男には変わりないんだからさ」

「でもわたしはあの人に会わなくちゃいけないんです。居場所を教えてくれませんか」

女はやれやれというように首を振り、ため息をついた。

「あんたもあの男に誘惑されて、何かされたのかい？」

「そんなんじゃありません」

「まあ、気持ちはわからなくもないけどね。ハーレムさんて、どことなく翳《かげ》があって、ちょいといい男だもんね。昔は一流企業に勤めてたエリートみたいだし、普通のホームレスとは違う雰囲気あるもんねえ」

女は下卑た笑いを漏らした。それを見ると胸がむかむかしてきたが、ここで怒るわけにはいかなかった。

「わたしは仕事で会う必要があるだけです。お願いですからあの人の居場所を教えてください」

「ビールまで貰っちまったから教えてやりたいんだけどさ、そうもいかないのよ。悪いね」

「どうしてですか？」

「ハーレムさん、もうここらにはいないから」

「どういうこと？」

「追い出されたんだよ。みんなに。刑事が来たあとで」

「そんな……ひどい」

「仕方なかったんだよ。自分の身は自分で守らなきゃ、ここじゃ生きていけないからね」

「どこへ行ったの？」

「知るもんか。少なくとも隅田川一帯にはいられなくなったんだ。新宿あたりに流れていったか、もっと遠くへ逃げていったか」

ああ、とわたしは天を仰いだ。それは何という残酷な仕打ちか。最愛の娘が眠る川から引き離されて、彼はどこへ行けるというのか。この川だけが彼の唯一の拠《よ》りどころだったはずなのに、そこを追い出されて生きてゆけるというのだろうか。

「本当に知らないんですか？」

わたしは財布から一万円札を出して女に見せた。女はちょっと困ったような顔をしてそれを受け取り、今思い出したというふうに言った。

「昔の女房だか何だか知らないが、女が時々食べ物の差し入れ持って訪ねてきてたから、頼っていったんじゃないの。もうじき寒くなるしね」

「そんな女の人がいたんですか？」

「ああ、たまに来たよ。決まって高島屋の紙袋もってね。あたしらもよくデパ地下のうまいもんお裾分けしてもらったよ。品のいい女でね。ハーレムさんとは訳ありみたいだったけど、詳しいことは知らない。まったく不思議な男だよ。ロリコンかと思えばあんな熟女まで手なずけてんだから。あれも人徳っていうのかねえ」

そのことを聞いてわたしは少しほっとした。絶壁の孤独を抱えているように見える彼にも頼れる人間がいるらしいことに、安堵の気持ちを覚えていた。それは昔の女房というより、娘によって別れさせられた恋人だったのではないか。何となく、そんな気がした。

「これで知っていることは全部話したよ。いいかい、あの男のことは忘れるんだ。それがあんたの身のためだよ。二度とこのあたりであの男のことを嗅ぎまわるんじゃないよ」

女は躾の悪い犬を窘《たしな》めるように声をひそめてそう言うと、早足で自分のねぐらへ戻っていった。

高島屋といえば、ばらの包装紙だ。やっぱりばらの騎士じゃないか、何がハーレムさんだ、とわたしは思った。あの人がロリコンで性犯罪者で連続誘拐犯だって？　嘘だ。嘘だ。嘘だ。嘘だ。あまりにも突拍子がなさすぎる。一体何のためにあの女はそんなたちの悪い冗談をわたしに吹き込んだのだろう。

わたしはだんだん腹が立ってきた。ばらの騎士は、立派な人だ。少し変わっているかもしれないが、世のため人のために生きている。あれほど愛にあふれ、使命に燃えて、情の深い男はいない。ばらの騎士は、やさしい人だ。他人の痛みを吸い取り続けて、自分の背中をなくしてしまった。あのマントを剝いだら、背骨が透けて見えるだろう。ばらの騎士は、正義の味方だ。この邪悪な世界から少女たちを守る、無欲で純粋な騎士なのだ。馬も持たず、従者も持たず、剣さえ持たず、ただ広大な愛しか持たずに、痩せた腕で瀕死の少女を抱きしめる。

やがて怒りは、悲しみに変わった。

はじめはうっすらと涙が浮かび、次第にゆるゆると泣けてきた。

わたしはなぜ彼のために涙を流しているのだろう。
そのとき、わたしはようやく気づいた。
死にたがっているわたしは、ばらの騎士に助けてもらいたかったのだ。

ばらの騎士の顔写真を新聞で見たのは、秋も深まりつつある肌寒い日のことである。東京下町で発生した未成年者連続誘拐殺人犯の有力な容疑者として指名手配されているのを見て、わたしは激しい違和感を覚えずにはいられなかった。警察がなかなか解決しない事件に苛立って功を焦るあまり、いかにも怪しげなホームレスの男に目をつけて犯人に仕立て上げようとしたに決まっている。彼の行動は疑われても仕方のない状況を自ら作り出してしまったのだ。しかも彼は現在も逃亡中とのことだった。なぜ逃げるのかばらの騎士、とわたしは彼をもどかしく思った。やましいところがないのなら、正々堂々と取り調べを受ければいい。犯人として検挙されたとしても、きちんと裁判を受けて無実を証明してほしい。わたしは祈るような気持ちでそう願っていた。

その年の秋は、東京では記録的な大雨の続いた湿っぽい秋だった。九月と十月のわずか二ヶ月のあいだに、一年分の降水量に匹敵する大雨が関東地方に降り続いた。洗濯物が乾かなくて、衣類乾燥機がよく売れた。レインコートやレインシューズも梅雨時の倍以上の売り上げを記録し、防黴《ぼうかび》用品もたちまち品薄になった。大雨・洪水警報が連日のように出された。そして隅田川が増水した。

どちらかといえば多摩川の決壊が懸念されていたにもかかわらず、多摩川が大事には至らずに隅田川が増水しはじめたことは関係者にも予想外の事態だったらしい。隅田川は江戸時代には水害の絶えない川だったが、明治時代の大水害を契機に荒川放水路が作られ、以後は大きな水害のない穏やかな川になったという。都内を流れる隅田川の流域人口は百万にも及び、氾濫すれば都民への影響は計り知れないことから、管轄官庁である東京都は神経を尖らせて警戒に当たった。

マスコミも連日、隅田川の増水に注目した。水上バスや屋形船が欠航したり、都知事がヘルメット姿で視察に来たり、川べりのホームレスたちがテントを畳んで移動していく映像がひんぱんにテレビニュースで流れた。急な増水によって思いもかけぬものが流され川面に浮上してくることがあります、とニュース番組のレポーターが雨のなか傘をさしながら漂着物を紹介している画面をわたしは見るともなく眺めていた。

「私は今、永代橋、中央大橋、相生橋に囲まれた三角地帯に立っています。ここはちょうど隅田川の分岐点にあたるところでして、晴れていれば視界の開けた気持ちのいい場所です。これをご覧ください。連日の大雨で水位が上昇し、流れの速くなっている川から、この三角地帯に実にさまざまな物が漂着してくるんです。トランペット、炊飯器、車のタイヤ、便器、毛皮のコートもあります。そしてこれ、この赤いものは何だと思いますか？　そうです、薔薇の花なんです。まるで花屋さんが一軒まるごと押し流されたのではないかと思われるほど大量の薔薇の花びらが、いろんな漂着物にくっついて流れてきているんですね。これはなかなかの壮観です」

わたしは思わず腰を浮かせて、画面にかじりついていた。それは花屋一軒ぶんどころか、薔薇園ひとつぶんくらいの大量の赤い薔薇の花びらだった。ありとあらゆる漂着物にびっしりとこびりついて、血を流しているように見える。壮観というより、異様で凄絶な眺めだった。わたしはカメラをもって部屋を飛び出していた。

雨は勢いを増してなおも降り続いていた。三角地帯に到着すると、花びらにまみれた漂着物はひとかたまりになって、そのままなすすべもなく放置されていた。遠くから見るとまるで殺人事件の生々しい現場のようだった。わたしは傘を捨て、合羽だけを着込んで、隅から隅まで舐《な》めるように撮影した。すぐに下着の中にまで重たい雨粒が染み渡ってきた。夢中でシャッターを切りながら、いつかばらの騎士から聞いた話を思い出していた。

隅田川の川底には若い女の血を吸うおそろしい竜が棲んでいるのです。彼はそう言っていた。それは川に飛び込もうとする少女たちを思いとどまらせるための脅し文句だったのだろうが、目の前の光景を見ていると、そのおそろしい竜が暴れて血を噴き出しているかのように思えてくるのだった。

これはきっと、彼が死んだ娘のために作った薔薇園のものに違いない。供養のために毎日一本ずつ投げ込んでいた花々が増水によって川底から浮かび上がり、堰《せき》を切ったように溢れ出したのだ。まるでたった今摘み取ったばかりのように瑞々しいのはなぜだろう。それともこれは、生贄《いけにえ》のためにさらってきた少女たちの血なのか？　水中で寂しがる娘のために少女たちの血をぬいて染め上げた捧げものなのか？　おそろしい竜とは、ばらの騎士そのひとのことだったのか？

たたきつける土砂降りに遮られて、わたしはそれ以上シャッターを切ることができなかった。彼がもうこの世にいないことを、わたしははっきりと感じることができた。彼はこの川の中にいる。冷たい川底で、かわいい娘のそばに行こうともがいている。

川は足元から氾濫していった。川面が生き物のように荒々しくうねり、凄まじい勢いで流域からの漂流物が押し流されてくる。そのすべてに血しぶきのように赤い花びらがついている。

「そこのカメラの人！　危ないですから川岸には近づかないでください！　流されますよ！　下がって下がって！」

沿岸の警備に当たっていた消防隊員がハンドスピーカーで叫んでいる。氾濫する隅田川の映像をとらえるために上空を報道用のヘリが旋回している。どこかの堤防が決壊した、という知らせがハンドスピーカーからもたらされる。すみやかに避難してください、決して川岸には近づかないでください、という警告が何度も何度も繰り返される。

水の柱が立つほどの豪雨のなかで、わたしは茫然と立ち尽くして、轟々《ごうごう》とうねる川面を見つめていた。花びらはあとからあとから噴き出して絶えることがなかった。たちまち川全体が血の色に染まり、腹を断ち割られた竜が右に左にのたうちまわるかのように猛り狂いながら、沿岸の街を呑《の》み込んでいった。

定家

1

その古ぼけたリゾートマンションは場違いな防波堤のように海の前に聳《そび》え建っていた。フロントロビーは薄暗く、あちこちに飾られた生花は一斉に枯れ果てて陰惨な死臭を放っていた。緩慢な速度でやる気なさそうに上昇するエレベーターに乗って最上階の十三階に着くと、目的の部屋を見つけるのには多少の手間がかかった。部屋の号数を表示するプレートが長年の風雨によって擦り切れ、判読不可能になっていたからである。おそらくここだろうと見当をつけ、預かっていた鍵を差し込むと金属の軋む不機嫌そうな音を立てて扉が開いた。室内は真っ暗で、手探りで電灯のスイッチをまさぐっていると き、顔が蜘蛛の巣に絡め取られる感触があった。

ああ、とわたしは薄闇のなかで大げさにため息をついた。薄暗い未知の空間でやわらかな蜘蛛の巣に絡め取られることほど不吉で不快なものはない。それは自分でも気づかぬうちにふと人生の暗渠《あんきょ》にはまり込み、やわらかい魔手で頬を撫でつけられるように音もなく前触れもなく不運が積み重なっていくのをなすすべもなく看過する心持ちにどこか似ている。

電灯のスイッチを入れ、玄関ホールをぬけてリビングに進むあいだにも行く手を阻むかのように蜘蛛の巣は全身に絡みついてきた。どれほど長いあいだ、ここに人が入っていなかったかがよくわかる。室内は埃と黴の入り混じったような、空虚な時間が降り積もったかのような、忘れ去られた不在の匂いがした。だがそれを振り切るように分厚いカーテンを開けると、一面のワイドガラスの向こうには輝くばかりの真っ青な海がひろがっていた。窓からは文字通り海と空以外、何も見えない。それを見ただけでわたしは全身蜘蛛の巣まみれになった不快さと、はるばるこんなところまで流れてきた心細さをころりと忘れそうになった。なるほど話に聞いていたとおり、眺めだけは文句のつけようもないほど素晴らしい。

窓を開けて空気を入れ替え、物置を探って掃除機を見つけると、わたしは念入りに掃除をはじめた。掃除機をかけたら拭き掃除、それが終わると浴室とトイレを専用洗剤でピカピカに磨いた。掃除が終わる頃、東京から宅配便で手配しておいた布団が一組、届いた。さすがに何年も押入れに閉じ込められていた黴臭い布団で眠りたくはない。リビングと続き間になっている和室に布団を敷き、掛け布団と敷布団と枕にそれぞれ真新しいカバーをかけると、当分のあいだここで暮らす準備がどうにか整った。わたしは海に沈む夕陽を眺めながらゆっくりと風呂に浸かり、髪の毛が乾くまでビールを飲んで塩トマトを齧った。そしてそのまま倒れ込むように眠ってしまった。

この見捨てられた要塞のようなリゾートマンションはこの地区の観光開発を見込んでバブルの頃に建設されたのだが、観光施設の誘致に失敗してあてがはずれ、かなりの安値で投げ売りされた。海以外にこれといってセールスポイントのないのどかな漁村にあってこの巨大マンションはいかにも不釣合いであり、どこから見てもしらじらしく目立ち、外壁の色がなぜスカイブルーではなくサーモンピンクなのかというまっとうな疑問を人々に抱かせもし、不快感を催させもするのだが、結果的にはそのピンク色こそがバブルという時代の異常さと浅はかさを人々の記憶から消えないように効果的に印象づける役割を持っていた。長ったらしいフランス語のマンション名を誰も正しく覚えられず、地元民からはいくばくかの揶揄《やゆ》をこめてピンクマンションという通称で呼ばれていた。

最上階の1304号室はある出版社の保養施設として買い上げられていた。だがいくら千葉県のはずれとは言っても東京からやって来るにはひどく交通の便が悪いせいで、真夏のハイシーズンやゴールデンウィーク以外はほとんど利用する社員がおらず、オフシーズンの空いている時期には時々物好きな作家がカンヅメのために利用していたらしい。目の前には海しかなく、インターネットもできず、町で唯一のスーパーへは歩いて三十分かかり、まわりにはほとんど店らしい店もない。ある意味では外界と隔絶された、書くことに集中するにはうってつけの環境であると言えるだろう。この出版社がなぜ観光地でもない鄙《ひな》びた漁村に保養施設を持っているのかというと、もともと社長が釣りや読書に耽るための個人的な別荘として購入したのを、社長の代替わりにともない社有財産となり、社員のための保養施設として開放したということらしい。だがこの立地を見るかぎり、社員の福利厚生のためというよりは、書かない作家を閉じ込めて仕事をさせるためではないかと思えてくる。

とはいえ一般的な出版社の保養所と違ってここには食事の世話をしてくれる人間がいないし、出前をしてくれる店もないので完全自炊に頼るほかないのだが、食料の調達がひどく不便なことから、いくら眺めがすばらしくても好んでここを使う作家はめったにいなかったようだ。我王健児《がおうけんじ》という物好きな作家を別にすれば。

「だいいちあんな寂しいところに一人きりで三日もいたら、普通の人間はノイローゼになっちゃうんだよ。それなのに我王さんはほとんど住み着いていたんだからね。そういう意味でもあの人は稀有な変わり者だったねえ」

彼の担当編集者であり、今回わたしにこの場所を提供してくれた蒲田《かまた》氏はしみじみとそう言ってから、少しだけ遠い目をして微笑んだ。ほとんど住み着いていたという我王健児がこの部屋で変死してからというもの、社員は以前にも増してこの保養施設には寄り付かなくなった。それればかりではない。ニュースを知って気味悪がった他の部屋の住人たちも少しずつマンションを引き払っていった。まず両隣がいなくなり、階下とその隣がそれに続いた。夜な夜な作家の亡霊がマンションの廊下を歩き回るという噂が流れ、また実際に目撃した住人があとを絶たなくて、櫛《くし》の歯がこぼれるように巨大リゾートマンションは空き家だらけになってしまったという。

「会社としてももう売却したいらしいんだが、何せいわくつきの物件だから、簡単には売れないそうなんだよ。我王さんが死んでからもう丸三年、あそこにはほとんど誰も足を踏み入れていない。契約してた清掃業者も切ってしまって、部屋は荒れ放題だ。それでもよけりゃ、しばらく使ってくれてかまわないよ」

　そう言って蒲田氏は総務から借りてきた鍵を渡してくれた。

「助かります。有り難く使わせていただきます」

「ただし、出るらしいよ。そっちのほうは平気なの？」

「三年もたったのに、いまだに出るんですか？」

「謎の多すぎる死だったからね。なかなか成仏できないんだろう」

「わたしは霊感とかないほうですから、平気です。自慢じゃないけどこれまで一度も幽霊に会ったことないんですよ」

「前に一度、怪奇小説の作家がカンヅメになったことがあるんだけどね、たいていのことには動じない大男が三日で音を上げて帰ってきたよ。あの部屋には我王さんの怨念が溜まりに溜まって、霊的にものすごいレベルに達しているんだそうだ。サイパンやニューギニアのかつて戦場だった場所へ取材に行ってもまったく平気な男なのに、一日目から高熱が出て延々と吐きまくって、そりゃあ大変だったそうだよ。お祓《はら》いをするべきだ、ってマジで言われたよ」

「で、したんですか？　お祓い」

「マンションの管理組合が全体のお祓いをしたんだけどね、効果はなかった。その夜からもう我王さんは歩いていたらしい」

「でも霊感のある人にしか見えないんじゃないかしら」

「それでなくても寂しいところだ。いくらあなたがタフなライターでも、女性が一人で何日も耐えられるわけがない。彼の伝記を書くためにわざわざあんなところで暮らしてみようっていう度胸と根性には敬意を表するけどね。まあ何日もつか、見ものだね」

満更ただの脅しでもなさそうにそう言って、蒲田氏は意味ありげな含み笑いを浮かべた。我王健児の評伝を書きたいと最初に彼に申し出たとき、なんて物好きな、という言葉とともに浮かべた含み笑いとそれは同質のものだった。我王健児はおどろおどろしい幻想小説や観念的な暗黒小説を好んで書く、どちらかといえばマイナーでマニアックな作家である。売れ筋とはかけ離れた玄人好みのする小説で、決して増刷のかからない永久初版作家と呼ばれていた。作品に対する評価よりはその変人ぶりで知られていたが、死んでしまってからはその謎めいた死に方によって人々の記憶に残ってしまった。彼があのような死に方をしなかったら、彼の評伝の企画も通らなかったに違いない。長年の愛読者だったわたしにとってはそこが皮肉で痛痒《つうよう》なことであり、長年にわたって彼の作品を世の中に送り出してきた蒲田氏にとっても同じ気持ちだったのだろう。彼の含み笑いにはそんな同志的連帯感が込められているのだ。

だが蒲田氏が思っているほどには、わたしは自分のしようとしていることが取り立てて酔狂な真似事だとは感じていなかった。我王健児の人生と作品を振り返って評伝を書こうとしている者として、もし許されるものならばその最期の日々を過ごした場所に身を置きながら原稿を仕上げたいと思うことはごく自然な欲求であり、いつもの職業的好奇心が高じた結果に過ぎない。何年もこつこつと蒲田氏に取材を続けてきた結果、個人的な親交ができ、こうしてこのマンションに潜り込むことができたのは実に幸運なことだった。生前の関係者たちに話を聞く作業はもうほとんど終わっていて、あとはその膨大なデータをまとめるだけだった。もっとも周囲の人間は、

「そんなことをしたら死神に呼ばれて取り憑かれてしまう」

という理由で反対したが、こんなチャンスはめったにあるものではないからと、わたしは聞く耳をもたなかった。ちょうど東京の自宅マンションで大規模修繕工事がはじまって騒音に悩まされていたところであり、工事の期間中はどこかよそに仕事部屋を借りないことにはとても神経がもちそうになかった。わたしにとってはまさに渡りに船というタイミングで転がり込んできた話だったのだ。

そんないきさつを思い返しながら布団から這い出てカーテンを開けると、外は快晴で、目を射るようなコバルトブルーの海が眼下にひろがっていた。時計を見ると朝の八時、たっぷり十二時間は爆睡していたことになる。こんなにぐっすりと眠ったのは何年ぶりのことだろうか。夢ひとつ見なかった。潮騒ひとつ聞こえなかった。まさに天国のような静けさのなかでわたしは昏々と眠り続けていた。腰と肩がひどく痛い。擦り切れた畳の上にそのまま煎餅布団を敷いて眠ったせいだ。だが身の内に新鮮な軋みを抱え込む感覚は悪くなかった。

朝の光のなかで歯を磨きながら、わたしはあらためて室内を点検してまわった。これから徒歩三十分のスーパーまで買い出しに行かなくてはならない。当座の生活に必要なものもの、足りないものをリストアップする必要があった。この部屋の特等席――海に面したリビングルーム――には、大きな窓の前に書き物机と椅子がセッティングしてあった。安物の間に合わせではなく、きちんとこだわって選ばれたもののようだから、これは我王健児が執筆のために購入したのだろう。さすがに住み着いて仕事部屋にしていただけのことはあり、よく使い込まれていて、その机と椅子からは作家の気配のようなものが微かに感じられた。机の上にはライトスタンドと小型のCDラジカセが埃を被ったまま載っていた。わたしは自分の気配がしみこんでしまう前に、持参したカメラで作家の気配を写し取った。

抽斗《ひきだし》のなかにはペンやポスト・イットなどの文房具、プリンターインクやUSBケーブルなどのパソコン用品、小さな辞書、乾電池、アルコール除菌ウエットティッシュ、ミントキャンディなどがそっくりそのまま残されていた。遺族は遺品を整理しに来なかったのだろうか、とふと思い、そういえば我王健児は生涯独身を通して四十四歳で死んだのだ、と思い至った。妻も子も、親も兄弟もいないので、彼の著作権を継承したのはほとんど行き来のない遠い親戚なのだと蒲田氏から聞いたことがあった。

机の上のライトスタンドの電球は切れていた。わたしは買い物リストに同じ型の電球の型番を書き込んだ。キッチンへ行くと、彼の生活の痕跡はいっそう生々しく残っていた。独り暮らしが長い男性のキッチンは、およそ二種類に分けられる。まったく何もないか、こだわりの道具が揃っているかのどちらかだ。我王の場合は後者だった。料理が趣味だったのか、必要に迫られてやっていただけなのかはわからないが、足りないものを思いつけないほど、そこには一通り以上のものが取り揃えられていた。

舐めるように写真を撮りながらそこにあるものを眺めていると、彼の趣味嗜好が手に取るようにくっきりと伝わってきた。たとえば、コーヒーは豆を挽いて丁寧に淹れる主義なのだろう。コーヒーミルもあればコーヒーポットもちゃんとある。ここはオール電化だから焼き物はコンロではなく七輪でしていたらしい。小ぶりな卓上七輪のほかに、各種サイズの違う網、火消し壺、火熾《おこ》し器が揃っている。食器棚もおもしろい。総務が社員のために誂《あつら》えた大量生産の安物にまじって、備前や信楽、織部や伊賀焼など、こだわりの逸品がさりげなく置いてある。有田焼などのつるりとした器よりは、ごつごつした土の手触りの感じられるものが好きだったようだ。抹茶碗と茶筅《ちゃせん》が風呂敷に包まれておさまっているのは、茶を点《た》てる趣味でもあったのだろうか。そういえば雑誌で読んだ彼のエッセイのなかに、朝起きたらまず炭を熾し、炭火で沸かした鉄瓶の白湯《さゆ》を一杯飲むことから一日をはじめる、という一文が書かれてあったような気がする。それともあれはエッセイではなく、小説のワンシーンだっただろうか。

冷蔵庫には使い差しの調味料がずらりと並んでいたが、当然のことながらことごとく賞味期限が切れており、さらに長期間にわたってコンセントが抜かれていたために、個々の瓶が放つ異臭が渾然一体となって庫内には毒ガスのような臭気がこもっていた。醤油もみりんも、料理酒もごま油も、ポン酢もドレッシングも、標準よりいくぶん高くても品質の確かなもの、添加物の入っていない本物だけが選ばれている。このへんで買ったのではなく、おそらく東京で買い揃えて宅配便で送ったのだろう。瓶に貼られたデパートや高級スーパーの名入りの値札シールがそのことを示している。

それらの痕跡を見ているうちに、わたしの胸に鈍い痛みが射し込んできた。作家が死んだあとでその小説を読み返したときに味わう気持ちとはまた別の、もっとリアルな本人のぬくもりとか息遣いといったようなものが、ありありと差し迫って感じられたのである。とりわけ食器がペアでなく、一組ずつしかなかったことが、彼の孤独を静かに物語っていた。ここでともに時間を過ごす恋人はいなかったのだろうか。最期の瞬間まで、彼はまったく自分ひとりだけのために料理を作り、それを食べていたのだろうか。

我王さん、とわたしは思わず声に出してその名を呼びかけていた。生前のあなたに、一度でいいからお目にかかっておきたかった。あなたがまだ生きているうちに、あなたの口から直接話を聞きたかった。あなたはどんな声をしていたのか。その手は冷たかったのか温かかったのか。その瞳はどれほど深い闇に閉ざされていたのか。世間で言われているように、最後の二年間を本当にあなたは狂気のうちに過ごしていたのか。

そこまで語りかけたところで、わたしは突然、我に返った。何をしているんだ、わたしは。リストがまだ途中だった。トイレットペーパー、食器洗い用洗剤、三角コーナーゴミ袋、ハンドソープ……買わなければならないものは、いくらでもあった。だが一度も会わずに死んでしまった人とのリアルな思い出だけは、いくらお金を出しても買うことはできない。

2

それからは我王健児のデスクの上に持参したノートパソコンを置き、日がな一日そこに座っていることがわたしの日課になった。

そこから見えるものといえば海と空、行き交う船、飛び交う鳥、そして孤独な釣り人だけだった。眼下の岩場は釣りのポイントにでもなっているのか、平日でも二、三人、週末ならば五、六人の釣り人を見かけることになった。そういえば物置には立派な釣り道具が置かれていたが、我王健児もおそらく釣りをしたのだろう。ここでは他に暇のつぶしようがない。書物のほとんどない部屋にもかかわらず、釣り関係の本が一冊、電話帳のあいだに挟まっていた。

四日目の午後に、蒲田氏がわたしの携帯に様子伺いの電話をかけてきた。この部屋にも骨董品のような黒電話があったが回線はとうにＮＴＴとの契約が切れているらしく、それはただのレトロなオブジェと化していた。電気や水道がまだ生きていることを感謝すべきなのかもしれない。

「こりゃ驚いたね。まだいるの？」

「いますよ、もちろん」

「我王さんは出てきた？」

「いいえ。早く出てきてくれないか、むしろ待ってるんですけどね」

「変わってるねえ、あなたも」

「いろいろききたいことがあるんですよ。このシーンはどういうつもりで書いたのか、とか」

「ということは、どうやら真面目に仕事してるみたいだね」

「それはもう。そのために来たんですから」

それは嘘だった。原稿は一行も進んでいなかった。わたしは自分でかき集めたパズルのピースの山を前にして途方にくれていた。どんなにピースを集めても、それを原稿という形にまとめるためには何かが決定的に足りないのだ。我王健児という作家の人生を語るうえでも、作品を語るうえでも欠くことのできない核のようなもの、一本筋のとおった背骨のようなものが見つけられなくて、何か重大な手がかりを見落としてしまった刑事のように悶々としていたのである。まわりの人間が誰も気づかず、誰も見抜けなかった彼の人となりの本質的な部分が、どこかに隠されているに違いない。それを探り当てなければ一歩も前には進めないことはわかっていた。そしてそのためにこそわたしはこんなところまで来たのである。

「よくそんな気味悪いところで仕事ができるもんだ。蜘蛛の巣がすごいでしょ？」

「ええ。昔からですか？」

「我王さんが死んでからみたいだよ。まるであの人が、ここは自分の縄張りだから誰も立ち入るな、って呪いでもかけたみたいに」

「まあ蜘蛛の巣くらいなら掃除すればいいんですけどね、それよりベランダの植物のほうが気味悪いですよ」

「植物？　そんなものあったかな？」

「蔦蔓《つたかずら》のようなものが、ベランダの柵にびっしりと巻きついているんですよ」

一瞬の間のあと、電話の向こうで、息を呑み込む気配があった。ここに着いて初めて窓のカーテンを開けたとき、わたしはその植物には気がつかなかった。三日目くらいにようやく気づいて、おやこんなところに、とまじまじと眺めたときにはまだそれほどの分量ではなかったのだが、今朝カーテンを開けたときには目に見えて分量が増えており、明らかに少しずつ繁茂している気配があって、全身の肌が粟立つような不気味さを覚えたのである。

「女の匂いに誘われて、人恋しくなって、我王さんがとうとう出てきたか」

蒲田氏はそう呟いて、悲痛なため息をついた。わたしははっとしてベランダに駆け寄っていた。我王健児は嵐の夜に、このベランダで雷に打たれて感電死したのだったと、今さらながら思い出したのだ。雷鳴の轟《とどろ》くなか、わざわざベランダに出るなんていかにも不自然な行為である。だからそれは自殺だったのだと言う者もいれば、すでに正気を失っていたのだから稲妻に見とれてつい外に出てしまったのであり、ゆえにそれは事故死だったのだと言う者もいた。

「蒲田さんはどっちだと思っているんですか?」

と以前に訊ねたときには、わからない、わかるわけない、と言われた。わたしはもう一度同じ質問をしてみた。

「それはやっぱりわからないけれどね、でも一つだけ言えることがある。自殺だったにせよ、事故死だったにせよ、我王さんは正気を失ってなんかいなかった。最後まで意識はクリアだったと思うよ」

「なぜそう思うんですか?」

「死の三日前まであの人は小説を書いていた。ノートパソコンにその原稿が残っていて、僕が発見した。あの人は原稿の末尾に必ず執筆した日付を入れる癖があるんだよ。語法的に微塵のぶれもない、実に端正な文章だった。狂っている人間にあんな文章が書けるわけがない」

「実はわたしもここへ来てから、そう思うようになりました。あの方の暮らしぶりの痕跡からは、透徹した美意識のようなものが窺《うかが》えます。すみずみまでちゃんとしすぎているんです」

「うん、そういう人だった。作品も私生活も、美意識のかたまりのような人だった」

「その小説は完結していたんですか？」

「それがどちらとも取れる終わり方なんだよ。まだ続きがあるようでもあるし、そこで終わっていてもおかしくはない。我王さんらしいといえばそれまでなんだけど」

「完結していたとしたら自殺説を疑いたいところですが……それではやはりわかりませんね」

「ただね、これは僕の個人的な勘にすぎないけど、自殺じゃないような気がするんだよね。少なくとも、雷に打たれて死のうなんてあの人なら思わないだろうという気がする。意外性はあるけどそんなに美しくはないからね。それにあの人は電気系統全般がとても苦手だった。オーディオの配線もできなかったし、電球を取り替えるのも嫌がって、静電気でさえこわがっていた。そんな男がわざわざ感電死を選ぶと思うかい？」

「なるほど。それなら蒲田さんは事故死だと思われるんですか？」

「それも腑に落ちないんだよ。我王さんはあれで結構臆病で用心深い男だったんだ。あの日は記録的な雷雨だった。東京もすごかったが、千葉の沿岸はもっとすごかったはずだ。そんな暴風雨のなか、ベランダで一体何をしていたんだ？　それがどうしてもわからない。うっかり雷に打たれるほど、あの人はうかつな人じゃない。事故死だなんて、自殺と同じくらい奇妙で不自然すぎるんだよ」

「自殺でも事故死でもないとすれば、他にどんな可能性があると言うんですか？　まさか他殺だとでも？」

「誰もその可能性を指摘しなかったけどね、実はそれが一番しっくりくるんだよな。あの人が死んだ説明としては」

わたしが笑うと、蒲田氏も少し笑った。

「嵐の夜に、十三階のベランダまで犯人はどうやってたどり着いたんでしょうね？　そんなことができるのは、鳥か物の怪《け》か、そのあたりでしょうね」

「そうだ。あの人を殺したのはたぶん人間じゃない。物の怪に取り殺されたんじゃないかというのが、この三年僕が考え続けて到達した結論だよ」

蒲田氏はわたしをこわがらせようとしてからかっているのかもしれない。でも実際に目の前で繁茂している蔦蔓を見ていると、それもまた充分にありうることだと素直に思えてくるのだった。

「その他殺説、とても興味深いです。我王さんは誰かに恨まれていたんですか？　犯人の物の怪に心当たりは？」

「物の怪が取り殺したいと思う動機は、なにも恨みや憎しみだけじゃないだろう。我王健児だって生身の男だったんだよ。取り殺したいほど愛していた、ということだってあるんじゃないかな」

ああ、やはりそこなのだ、わたしがずっとひっかかっているのは、そこだけ巧妙に隠匿されたピースがあって、そのために全体像が見えにくくなっているということなのだ。

「我王さんの恋愛の話は、これまで誰の口からも聞けなかったんですが……やはり、恋人がいたんですね？」

「僕も相手が誰かは知らないんだ。たぶん編集者は誰も知らない。今どき珍しい秘めた恋、忍ぶ恋だったみたいだ。だからたいていの人間は我王健児が色恋とは無縁の武骨で不粋な生涯を送ったと思っている。でも注意深くあの人の小説を読めばわかる。文章や言葉遣いに宿っていた仄《ほの》かな色気、滲み出る艶、それがわかる人にはわかったはずさ」

「わたしもそれは感じていました。だからこそ我王さんの小説が好きだったんです。この人はなぜ恋愛小説を書かないんだろうって、ずっと思っていたんですよ」

「あなたのように感じる女性読者がもっといれば、彼の本ももっと売れて、生活も楽になったんだろうけど。普通のわかりやすい恋愛小説なんかには何の興味もないと言ってたな。何度も読み返さないと理解できなくて、五回目くらいでうっすらと、あれってもしかしたら一種の恋愛だったのかも、って読者が気づくような恋愛小説を書きたいと言う人だったからね」

「私生活でもわかりにくい恋愛をしていたんでしょうか？」

「それは想像もつかないな。でも一生涯秘め続けたわけだから、それはそれで見事なものだと言えるのかもしれない」

「普通に考えると、秘めなければならなかったのは相手の方に家庭があったからですよね？」

「まあ普通に考えればね」

「我王さんを取り殺した物の怪がその恋人だったとすると……我王さんよりも先にお亡くなりになったことになりますね」

「そういうことになるね」

「つまり、彼女に連れて行かれた、と」

「連れて行かれたのか、我王さんが追っていったのか……。この世で添えなかった二人は、早くあの世で添いたくて生き急ぎ、命を縮めてしまったのかもしれないな」

おそらくはその秘密の恋こそが、我王健児の人生と作品をひもとくための背骨なのだろう。わたしがそれまでうすぼんやりと感じていたことが、これで確信に変わった。そのピースさえ見つければ原稿は自然とかたちになっていく。そこまでして沈黙を守り続けなければならなかった相手とは一体どんな女性だったのか。ひょっとしたら遺作となった小説のなかにその謎を探るヒントが隠されているのではないか。

「蒲田さん、本当に何も知らないんですか？」

「知ってたら教えてあげたいんだけどね。悪いけど、本当に何も知らないんだよ」

それ以上突っついても、何も出てきそうにはなかった。まったく老獪《ろうかい》な編集者ほど食えないものはない。

「ところでその遺作、出版しないんですか？」

「早く出したいのはやまやまなんだけど、ちょっとした事情があって、すぐには出せなくてね」

「ここをお借りしている上にさらにお願い事をするのは気がひけるのですが……その遺作、特別に読ませていただくわけにはいかないでしょうか？」

蒲田氏はウーンと唸り、声をひそめて、ごめん、と言った。

「それはできないなあ。お役に立てなくて悪いけど」

「どうしても駄目ですか？」

「ここだけの話だよ。実は我王さんの遺作に関しては、うちの社ではトップシークレット扱いになっているんだよ。下手に動いたら、僕のクビが飛びかねないんだよね」

「どういうことですか？」

蒲田氏がさらに声をひそめて語ったところによれば、こういうことだった。その原稿はなぜか会長預かりになっていて、取締役部長といえども読むことはできず、社長でさえ勝手に出版時期を決められないのだという。それは実に奇妙な話だった。その死が新聞の第一面で報じられるような大作家の遺作ならともかく、三面の死亡欄にわずか二行しか載らなかったマイナー作家の遺作がそんなふうに扱われることは普通に考えてまずありえないことである。

「会長って、現社長のお父様ですよね。会長といっても純然たる名誉職で、実際はもうとっくに引退されていたのではありませんか？」

社長時代、泣く子も黙るワンマン独裁体制を敷いて社を牽引してきた名物男は、長男一派によるクーデターで社長の座を追われ、それからはきっぱりと第一線を離れて隠居の身を貫いていると聞いていた。

「ああ、そうだよ。釣り三昧をしながら悠々自適の日々だったのに、どういうわけかこの一件だけは首を突っ込んでこられてね。会長は昔から我王さんの小説がお好きで、あまり売れないにもかかわらず僕らが細々とあの人の本を出し続けてこられたのは会長の手厚い庇護があったからなんだけどね」

「だからといって、遺作を独り占めにするなんて、すごく変な話ですね。愛読者だったのならむしろ出版したいはずでは？」

「詳しい事情は知らないけど、とにかくそういうことになってるんだ。我王さんの遺作は僕と会長以外、誰も読んでない。おそらく会長の目の黒いうちは日の目を見ないんじゃないかな」

「名ばかりの会長にしては、まだずいぶんと影響力があるんですね。鶴の一声で出版をやめさせるなんて。ひょっとして院政を敷かれているんですか？」

「いや、それはないよ。ただあれだけのカリスマだったからね、会長のご威光はいまだに根強いものがある」

「でもその遺作、どうしても読んでみたいんです」

「あなたがどうしても読みたければ、会長に直々に頼んでみるしかないだろうね。そういえば、ちょうどご近所にいらっしゃる。狭い町だから、散歩のときにでもばったり出くわすことがあるかもしれない」

「えっ？　この町に住んでいるんですか？」

「もともと釣りをするためにそのリゾートマンションを買われたのは会長だからね。社有財産として取り上げられたあとでもわざわざその土地に引っ越されたのは、よほど気に入っておられたんだろう。マンションの近くに家をお建てになって、墓地までそこに移されたほどだから」

「会長はお一人で住んでいるんですか？」

「奥様とご一緒だったが、亡くなられてからはお一人のはずだよ。かよいのお手伝いさんとかよいの猫はいるらしいけど」

「きっとおそろしく頑固で偏屈な老人なんでしょうね。そこらでばったり会ったとしても、会話が弾むとはとても思えませんね」

「ついでにもうひとつ教えてあげよう。会長は我王さんとは釣り友達でもあったそうだよ。我王さんに釣りと魚の捌《さば》き方を手ほどきしたのは会長だったらしい。年齢と立場を超えて二人はよく気が合ったみたいだ」

そこまで話すと蒲田氏は、じゃあ仕事がんばって、我王さんのためにもいい本を書いてね、そのうち陣中見舞いでも送るよ、とお愛想を言って電話を切った。再び天国のような静けさが戻ってくると、わたしはその静けさに耐えられなくなって椅子から立ち上がり、落ち着きなくそわそわと部屋の中を歩き回った。ベランダに絡みついた蔦蔓はまるで生きているかのようであり、少しずつ生命力を増しながら繁茂しつづけているように見える。デスクの前にいるといやでもそれが視界に入ってきて、そのたび息苦しさに襲われる。わたしはたまらなくなって外に飛び出した。

3

夏の終わりの日暮れどきに吹く風は、かすかに秋の気配を含んでいる。その気配は、刻々と移ろいゆく季節に取り残された侘しさのようなものを感じさせる。それが海風であればなおさらだ。我王健児が死んだのもちょうど今頃の時期だった。もうじき三年になる。親族がいない彼のために、命日にはわずかな数の担当編集者が集まってひっそりと酒を飲むだろう。そして彼の作品を愛した読者がひっそりと彼の小説を読み返すことだろう。

いつもの散歩コースなら灯台方面に向かうのだが、わたしの足は反対方向に向かっていた。この道は初めて歩く道だ。国道沿いにはとうに潰れて廃屋になった民宿があり、鯵の開きを並べて天日に干している小さな干物屋があり、その隣に釣具やえさを扱う商店があった。わたしは干物屋に入って今晩のおかずを買うついでに、このあたりに米倉《よねくら》というお屋敷はないかと訊ねてみた。

「たぶんとても大きなお屋敷だと思うんですけど」

店主は首を振り、隣の釣具屋の親父に声をかけてくれた。釣具屋はもちろん会長の家を知っていた。常連で、時々配達に行くこともあるという。釣具屋の親父はざっと道順を教えてくれたが、土地勘がないのでさっぱりわからない。

「家へ行くより、そこらの磯《いそ》を探したほうが米倉さんに会えるんじゃねえかな」

　だが釣りをしている最中の人には何となく話しかけにくいところがある。その背中が話しかけてくれるなと言っているように見えて仕方がないのだ。わたしは礼を言って、大雑把に理解した道順を辿りはじめた。あまりに大雑把なのでそのうち道に迷うだろうが、わからなくなったらまた誰かに訊けばいい。

　国道を離れ、とうもろこし畑の間の小道を抜けてゆるやかな坂道に出たところで、視界から海が消え、耳から車の音と潮騒が消えた。坂道の手前には田んぼがひろがり、夏草が濃い匂いを滴らせ、あぜ道を吹き渡る風に乗って蟬の残響とツクツクホウシの声が聞こえてくる。上空をゆったりとトンビが旋回している。わたしはもう完全に道に迷っていたが、道を訊こうにも人っ子ひとり通らない。だが前方のゆるやかな坂の上に深い樹木に覆われた一画があり、樹影の隙間からところどころに立派な瓦屋根が見えた。あの佇まいは大層なお屋敷に違いない。敷地の広さといい、緑の多さといい、少なくとも普通の民家とは格が違う。きっとあれが会長のお宅だろう、と見当をつけて歩きはじめた。

　だが門前まで来て勘違いに気づいた。そこは民家ではなく寺だった。いかにも由緒のありそうな門構えは古い歴史を感じさせる。庭の手入れも行き届いた、穏やかで品のある、なかなかいい寺だった。わたしはひと目で気に入った。海ばかりでは飽きるから、新しい散歩コースを開拓するには格好の場所を見つけた、と思った。わたしの足は吸い込まれるように境内へ入っていった。太った白い野良猫が一匹、灌木《かんぼく》の茂みからのそりと這い出てきて、わたしの足にまとわりつきながらついて来た。たぶんさっき買ったばかりの干物の匂いのせいだろう。

「ごめんね。晩のおかずだから、あげられないの」

と言い含めたが、諦めずにいつまでもついて来る。やがて茶トラもそれに加わった。わたしは干物の匂いをさせながら二匹の猫を引き連れて歩く格好になってしまった。だがここの猫たちはおっとりとしていて、ぎらぎらと干物を狙っている様子はまるでない。ただ単に人懐こいだけなのかもしれない。

本堂の裏手は墓地になっていて、ここもわたしの気に入った。わたしには昔から古い寺や墓を見ていると妙に心が落ち着くところがあって、そのために谷中や鎌倉に住んだこともあるほどなのだが、我王健児の小説に独特のエロスを感じるのもそういう一面のせいかもしれない。苔むした墓石や、戦災や天災を経て撓《たわ》み歪んだ石段はなんとも言えず美しいと思う。我王風に言うなら、年月の堆積はただそれだけで美なのであり、古ければ古いほど美の純度は高く、滅び去ったもののなかにしか真の美は存在しない。

そんなことを考えながら歩いていると、海を見下ろせるひときわ明るい一画に出た。この墓地のなかでも一等地というべきところで、すべての墓石が海の方角に向かって建てられていた。いかにも高価そうな、大きくて華美な造りの俗悪な墓が多い。そのなかにあって一番目をひいたのは、まだ新しい、たおやかに丸みを帯びた乳白色の墓石だった。

思わず引き寄せられて目をやった途端、わたしはあっと声を上げて、しばらくその場に立ちすくんだ。その墓石には蔦蔓がびっしりと絡みついていたのである。マンションのベランダに巻きついていたのと同じ蔦蔓が、さらに繁茂し猛々しさを増して、墓全体を覆い尽くしていたのである。しかもあろうことか、こちらの蔦蔓はまだ夏の終わりだというのに早くも紅葉して、血のように赤く染まっていたのだ。

それは米倉家の墓で、乳白色の墓石には米倉亜紀《あき》という名前が刻まれていた。享年四十七歳、亡くなったのは三年前の九月六日となっている。その日付を見た瞬間、わたしの心臓が早鐘を打ちはじめた。それは我王健児が亡くなった日付のわずか三日前ではないか。「我王さんは死の三日前まで小説を書いていた」という蒲田氏の言葉がよみがえった。この墓に眠っている米倉亜紀という女性はもしや、我王健児の恋人だった人ではないか。生涯秘め続け、隠し通した許されぬ恋。彼女が亡くなってからわずか三日しか彼の命はもたず、後を追うかのように雷に打たれ、あの世でようやく結ばれた。もう二度と離すまいとするかのように、こうして蔦蔓となって墓に絡みついている。その姿はまるで色白の女性の裸体に抱きつく男の血管のようだった。わたしは墓の前に蹲《うずくま》り、石と蔦にそっと手を触れた。自然と涙が溢れてきて、冷たい石と熱い蔦の上にこぼれ落ちていった。

「これは、ご苦労様でございます」

境内を掃き清めていた老人が、わたしを墓参客と間違えて挨拶していった。わたしは慌てて涙を拭いて立ち上がった。

「早いもので、もう三年でございますねえ」

「あの、失礼ですが、こちらのご住職さまですか？」

「はい」

「この蔦蔓は、以前からこんなに？」

「ああ、またこんなに……。テイカカズラです。切っても切ってもあとから生えてくるのです。まだ夏の終わりだというのに、はしたないほど赤く色づいて……見苦しいですな。ただいま、きれいにしてさしあげましょう」

住職は持っていた園芸バサミで蔦蔓を切り刻もうとした。わたしは反射的にその手を止めた。

「おやめください……どうか、このままで……このままにしてあげてください」

住職はわたしの顔をじっと見つめ、何も言わずにハサミをしまった。そして言い訳でもするように、

「ご主人の信太郎《しんたろう》さんがこのテイカカズラを嫌がって、目についたら切るように頼まれているものですからね」

と言った。

米倉信太郎というのは会長の名前だ。ああ、わたしの危惧は的中してしまった。米倉亜紀という女性は会長の妻だったのだ。我王健児は会長の妻を長年にわたってひそかに奪い続けていたというのか！

これで会長が彼の遺作を封印しようとした理由がわかった。そこには何らかの形で二人の関係がほのめかされていたからに違いない。あるいはそれまで秘め続けていたのに、彼女の命が終わる間際になって、彼女への想いの丈を噴出しないではいられなかったのか。会長にしてみたら、そんなものを世の中に出すわけにはいかないだろう。

「それにしても、この墓にだけ蔦蔓が？」

「そうなんですよ。妙なこともあるもので、雨が降った翌日には決まってこのように繁殖するのです」

そういえばゆうべも夕立があったことを思い出し、背筋がぞくりと寒くなった。

「亜紀さんというのは、たしか二度目の奥様でしたよね。二十歳以上も年の離れた後妻を貰われたと、業界では当時ちょっとしたニュースになりました。でも、ご病気だったとは知りませんでした」

「奥様の転地療養のためにこの土地に引っ越してこられたのですがね、病気の進行は止められなかったようで……お気の毒なことでした。あの年はいつまでもだらだらと残暑が厳しくて、やけにお弔いの多い年でしたな」

「そのすぐあとに作家の先生がお亡くなりになったでしょう。そのときもご住職がお経をあげられたのですか？」

「ああ、そうそう、立て続けに呼ばれたのでよく覚えております。なんでも身寄りのいらっしゃらないお方だとかで、信太郎さんがこの寺で密葬を営まれたのです。わずか三日前に奥様を亡くされたばかりなのに、自ら率先して会社の若い方々に指示をお出しになって……なかなかできることではありません」

「その作家の方は米倉さんの釣り仲間だったとか？」

「ええ。家族ぐるみのおつきあいだったようですよ。信太郎さんはまるで本当のご家族を亡くされたかのようにお嘆きになりましてね。見ていて実に痛々しいかぎりでした」

住職と話をしているあいだに急速に雲が厚くなり、かすかに遠雷が聞こえ、雨粒が二、三滴、ぱらりと落ちてきた気がした。

「どうもお邪魔いたしました。今夜はこれから大荒れになるそうですから、お早めにお帰りになったほうがよろしいでしょう。これ、タマとトラや、お参りの邪魔をしてはいけませんよ」

わたしの足元で寝そべっていた猫たちをひょいと抱き上げて、住職は本堂のほうへ戻っていった。このぶんだとまもなく降り出すだろう。わたしは急いで寺を出て、マンションに戻った。帰りは道に迷わなかった。あれだけ大きな建物は他にないから、この町のどこにいても見失うことがないのだった。

4

ぽつりぽつりと降り出した雨はマンションに着いた途端に本降りになった。

遠雷が早足で近づいてくる。

やがてピカッ、と最初の稲光がしたかと思うと、あとはとめどなくピカピカと閃光が瞬き続け、ガラガラドッシャーンとすさまじい落雷の音が断続的に聞こえた。音と光に怯えながらわたしは慌しく米を研ぎ、炊飯器をセットして、炭を熾した。ここに残されていた岩手切炭は湿気を帯びて火がつきにくくなっていたが、天日に干したらいくらかはまだ使えたので、これも大量に残されていた固形燃料でゆっくりと時間をかけて炭を熾す。たいていは塩辛を肴《さかな》に缶ビールを二本飲み終えるまでのあいだにとろとろと赤く燃えるきれいな炭火ができあがる。

これを七輪にセットし、干物やイカの一夜干し、茄子やピーマン、鶏手羽や厚揚げ、じゃがいもやさつまいも、とうもろこしやおにぎりなどを焼く愉しみをわたしはここに来て覚えた。我王健児はおそらく、自分で釣り上げた魚をこうして調理して食べていたのだろう。孤独のなかにささやかな生活の喜びを見いだして、長い夜を騙《だま》し騙しやり過ごしてきたのだろう。会長は二人の関係を知っていたのだろうか。彼女がここに忍んで来ることはあったのだろうか。

鯵の干物を網の上に載せたそのときだった。何の前触れも予兆もなく、いきなりふいに、という感じで部屋中のあらゆる電気が消えた。炊飯器も、冷蔵庫も、エアコンも、天気予報を見るためにつけていたテレビも、何もかもが死に絶えた。雷による停電に備えてこの古いリゾートマンションが自家発電設備を持っているかどうかはわからない。ワイドガラスの窓から圧倒的な光量の稲妻が絶え間なく輝き続けていたために、停電になっても部屋の中は真っ暗にはならなかった。眩い閃光が途切れると、薄闇のなかでテーブルの上に置かれたオレンジ色の炭火が静かでつつましい生命体のように浮かび上がっていた。ノートパソコンの画面も内蔵バッテリーが働いて白い灯りを放っている。

すぐに復旧するだろうと思ってしばらくじっとしていたが、意外にも電気はなかなか戻ってこなかった。窓から外を見ると、街灯はついている。このあたり一帯の停電ではなく、どうやらこのマンションだけが停電したらしい。となると電力会社は動かないだろうから、事態はちょっとややこしいことになる。ここの管理人が何とかしてくれるのを待つしかないのだが、管理人の勤務時間は五時までであり、ここに住み込みなのかどうかもわからない。そもそもわたしはここで管理人の姿を見たことがない。常駐ではなく、不定期にしか来ないのかもしれない。蒲田氏に問い合わせればここの管理会社の連絡先がわかるかもしれないが、管理会社もこの時間はもう電話がつながらないだろう。

停電なんて何年ぶりのことかと思いながら、わたしは暗がりのなかで干物をつつき、ビールを飲んだ。炊飯器のご飯は諦めなくてはならないだろう。パソコンのバッテリーは三時間しか保たないし、炭火もいずれは消えてしまう。雷光があるかぎり漆黒の闇ではないにしても、これでは仕事はおろか、食事もトイレも風呂もままならない。七輪の炭火を明かりにして、懐中電灯か蠟燭《ろうそく》がないか部屋じゅうを探しまわってみた。物置に懐中電灯はひとつ見つかったが、電池が切れていた。予備の電池はどこにもない。

なすすべもなくわたしは窓辺に座り込んで、空が裂け、海が割れる一大雷ショウに見とれていた。数分おきに耳をつんざく落雷の音がして、稲妻の柱が闇夜を切り裂いた。この高さで視界には何ひとつ遮るものなく空と海しか見えない窓辺から眺める雷は神秘的で美しく、畏怖すら感じさせる。雨は横殴りに降って窓ガラスに叩きつけ、風が唸り建物が軋む悲鳴のような音が聞こえてくる。きっと我王健児が死んだ夜もこんな夜だったのだろう。まともな人間ならば絶対に何があってもベランダへ出ようとは思わないはずだと、あらためて実感として強く思う。それは正気の沙汰ではない。狂気の沙汰、地獄の沙汰、色恋沙汰の果ての果てに、理屈も道理もまかりとおらぬ闇の底が生み落とした妄執の仕業としか思えない。

ひときわ大きな落雷の音が轟いたかと思うと、レーザー光線のような閃光が雲間をついて空から海に走り、燦々と輝く光の洪水がリビングルームいっぱいに降り注いだ。そのとき、煌々《こうこう》と照らされた部屋のなかに人間の姿が浮かび上がっているのを、わたしは窓ガラス越しに見た。ぎょっとして振り返ると、レインウエアから大量の水滴を滴らせた大男が確かにそこにいて、稲光に青白く染まる顔をこちらに向けて立っていた。フードを深く被っているので顔は下半分しか見えなかった。身の毛がよだち、心臓が凍り付いて声が出ない。恐怖のあまり指一本動かすことができない。わたしはとうとう我王健児の亡霊があらわれたのかと思った。

「……我王さん、ですか……？」

やっとのことで絞り出した声は自分のものではないようだった。

「いや、私はまだ生きている」

大男はよく通る声ではっきりとそう言った。幽霊ではない、生身の人間だとわかると、別の種類の恐怖が足元からじわじわと這い登ってきた。警察を呼ばなくては、と思い、携帯電話をどこに置いたかわからなくなって、わたしの頭は軽いパニックに陥った。

「米倉です。この停電だからチャイムは鳴らないし、ドアを叩いても雷の音で聞こえないだろうと思ってね、失礼ながら黙って入ってきた」

「米倉……？　もしかして会長さんですか？」

わたしは混乱する頭の中を必死で整理しようとした。なぜ会長がこんなところに来るのかということよりも、さっき帰ったときわたしは鍵をかけ忘れただろうか、ということが気になって仕方なかった。

「あの……どうやって入ってきたんですか？」

「元々ここは私の別荘だったんだ。だから合鍵は持っている」

「停電でエレベーターは止まっているはずですが？」

「もちろん階段を歩いて昇ってきたんだよ。足腰の老化を防ぐにはそれが一番だ。私は駅でもビルでも決してエレベーターは使わないようにしている」

「こんな嵐の中を？　一体何のために？」

「あなたと話がしたくてね」

「ちょっと待ってください。あなたは本当に米倉信太郎さんですか？」

「そうだよ。名刺をさしあげたいが、あいにく今はそういうものを必要としない生活を送っているのでね。あなたの名刺もいただかなくて結構です」

稲光が消えると部屋は闇につつまれ、相手の表情がまったく見えない。わたしは奇しくもこんな形で会うことになった会長に椅子をすすめるのも忘れ、タオルを差し出すのも忘れて、ただ恐怖のために全身をこわばらせながら食い入るように相手の気配を見つめていた。この突然の闖入者の目的が一体何なのか、それがわからないから恐怖を感じているのだった。

「わたしのことをご存じなんですか？」

「知っているよ。蒲田くんから聞いたが、あなたは我王健児の評伝を書いているそうだね。それに釣具屋から聞いたが、あなたは今日、私の家を訪ねようとした。もうひとつ、住職から聞いたが、あなたは妻の墓参りもしてくれたそうじゃないか」

「それでわざわざいらしたのですか？」

「私は暇で孤独な年寄りだ。妻もいない。たったひとりの友人だった健児くんもいない。

話し相手に飢えている」

「でも、何もこんな夜にいらっしゃらなくても」

「こんな夜だから来たんだよ。健児くんが死んだのと同じこんな夜だから」

米倉氏は少しぼけているのだろうか、とわたしは訝《いぶか》った。この人は七十歳は超えているはずだ。ぼけているのだとしたら、こんな奇行に走ったことにも説明がつく。というより、それ以外に説明のつく理由が見当たらない。だが、ぼけ老人と会話しているような感じはまったくない。声には張りがあり、トーンは落ち着き払っている。理路整然とした話し方をし、混乱は見られない。表情さえ見えたら、この人の状態や何を意図しているかがわかるかもしれない。わたしは電気の復旧を心から待ち望んだ。

「そう、あれはまったくこんな夜だった。何もかもそっくりそのままだ。この雨、この風、この雷！　あの夜もこのように蒸し暑く、停電した部屋の中で健児くんは汗をかきながらそこに座っていた。今ちょうどあなたが座っている、その椅子に」

米倉氏はまるで見てきたかのようにそう言って、一歩こちらに近づいた。わたしは反射的に立ち上がって一歩後ずさっていた。

「どういうことですか？……まさかあなたは……あの夜、この部屋にいらしたのですか？」

「彼の顔やシャツを濡らしていたのは汗だけではない。彼は泣いていた。なりふりかまわず、男泣きに泣いて泣いて……亜紀の名前を呼びつづけていた。夫である私でさえ、あれほど泣きはしなかった。私はあんなには泣けなかった。彼が泣き止むまで待っていようと思ったが、彼はいつまでも泣き止まなかった。悲しみのあまり狂ってしまったのではないかと思うほど、健児くんは我を忘れて泣きつづけていた。おそらく、三日三晩そうしていたのだろう」

「あの夜もあなたは、合鍵を使って黙ってここに入ってきたのですか？……一体何のために？……泣き止むまで待つって？……一体何を？」

米倉氏は答えずに、少しずつわたしににじり寄りながら言葉を続けた。わたしはその動きにあわせて彼の歩数分じりじりと後ずさっていった。

「しかし、愛の深さは涙の量では測れない。三十分しか泣かなかった夫が、三日間泣いている愛人に愛情の面で劣るかといえば、必ずしもそうではあるまい。長いこと組織の経営者だった人間と、浮世離れした世界で生きている小説家とでは、感情の表出の仕方はおのずから異なってくるものだ」

「やっぱりご存じだったんですね、我王さんと奥様のことを……」

「息を引き取るとき、私はこの腕の中に彼女を抱きしめていた。私のかわいい、いとしい妻は、もう意識はなかったが、最後に精一杯の散りかけの花のようにさびしい微笑を浮かべて逝った。あの美しい死に顔を独り占めできただけでも、彼女と結婚していた甲斐はあったのかもしれない。私は誰にもあの顔を見せたくなかった。だから臨終のときには医師も看護師も病室には入れなかった。死のその瞬間、彼女の口から魂が抜け出ていくのがはっきりとわかった。人間の魂はね、いや、個体差があるかもしれないから彼女の魂は、と言うべきかもしれないが、ごくうすい、見えるか見えないかの極めてうすい翡翠《ひすい》色をしている。重さも温度もない気体で、小さな丸いひとかたまりの単位が首飾りのように連なっている。彼女の魂は口から最後のひとかたまりが出ると、私の腕をすりぬけて、病室の窓をつきぬけて、空中に宿り、だがそのまま天上には還《かえ》らずに、しめやかなにわか雨となって地上に降ってきた。私ではない誰かに——健児くんにお別れを言っているのだろうとわかったよ。だが健児くんは通夜にも葬儀にもあらわれなかった。東京から大勢の弔問客がやって来たが、亜紀が一番来てほしかったはずの男は来なかった。雨は毎日降り続け、三日目にはひどい嵐になった。彼がきちんと亜紀の死を受け止めていないから、いつまでもさよならを言えずに泣いているから、とうとう亜紀が彼の弱さを諌《いさ》めるために、彼の未練を断ち切るために、荒れ狂っているのだろうと思った。このままでは安心して天国へ行けないだろうからね。私は夫として、彼女の荒ぶる魂を鎮めてやらなくてはならなかった。そのために私は彼と話をする必要があった。彼に焼いたばかりの亜紀の骨を見せ、肉体も魂も消えてしまったことを完全に納得させなくてはならなかった。私と亜紀は夫婦だからやがては同じ墓に眠り、黄泉《よみ》の国で再び会えるが、きみはそうではないのだと、どうあっても生と死をまたがって彼女とつながることはできないのだという残酷な真実を。婚姻とはそれほど尊い、聖なるものだ。死んだあとまで他人に踏みにじられてはならないのだ」

　米倉氏の口調は静かに熱を帯び、雷鳴にかき消されることもなくクリアにわたしの耳に届いた。そして胸にも。この人は大切な妻を大切な友人に奪われたことを長いあいだ深く真摯に苦しみ続けてきたのだ、ということが、じわじわと胃の腑に落ちていくように伝わってきた。ずぶ濡れのレインジャケットのフードからはひっきりなしに雨の滴がしたたり落ちていたが、それは彼の涙が彼の意思とは無関係に流れ落ちている象徴のように見えた。

「それであの夜、ここへ来たんですか？　奥様の遺骨を持って？」

「骨はひとかけらだけ、恥骨の部分を選んで、ポケットに忍ばせていった。我を忘れて嘆き悲しんでいる健児くんに近づき、肩越しに骨を差し出して見せた。骨はまだほんのりと温かく、なめらかで、亜紀のかぐわしい香りがした。これが何かわかるか、亜紀だよ、もうこんなに小さくなってしまったよ、病魔に蝕まれていたから普通の四十七歳の女性よりずいぶんと量が少ないそうだ、そう語りかけて彼に握らせた。なぜわかったのか、ああこれは彼女の恥骨ですね、と彼は言った。そしていとおしげに口に含んで食べようとしたんだ」

　目の前にその情景が見えるようだった。わたしは息をつめて米倉氏の話に耳を傾けていた。

＊　＊　＊

いぞ」

「やめろ、それは私の妻だ」

「いいえ、この骨だけは僕のものです」

「血迷うな、健児くん。いくらきみでも、骨になってもまだ私の妻を穢《けが》すことは許さな

「死は解放ですよ、信太郎さん……彼女は死によって病苦からもあなたからも解放されたんだ……もう誰のものでもない……汝《なんじ》、ひとひらの骨片になろうとも、我、肉の記憶を忘れじ……」

そう言って彼はぽりぽりと骨を齧り、咀嚼して、おいしそうに飲み込んでみせた。そのとき、私の理性のたががパチンとはずれる音が脳内で聞こえた。私は我王健児の小説を愛する読者であり、その才能に敬意を抱く者であり、販元と作家という立場を超えて得がたい友情で結びついたかけがえのない友であると自負している。今もその気持ちに変わりはない。だがあの瞬間、私の目の前にいたのは、長年にわたって私の妻と愛欲を貪りあい、邪淫の罪を重ねてきた一人の薄汚い間男に過ぎなかった。気がついたら私は彼の胸倉をつかみ、顔を殴りつけていた。一発、二発、三発……何発殴ったか覚えていない。彼は抵抗もせず、へらへらと泣き笑いのような表情を浮かべて右に左に揺れ、最後には窓ガラスにぶつかって床に倒れこんだ。

「いっそ僕を殴り殺してください……あなたにはその資格があります」

「ああ、そうだろうな。だが私はもう老いぼれだ。きみのような大男を素手で殴り殺す

ほどの力はないよ。それにきみを殺せば、もう二度と我王健児の新作が読めなくなるからな。生きるがいい、健児くん。せいぜい長生きして、血を吐くような孤独を味わうんだな」

私は呼吸を整えながらようやくそれだけ言うと、玄関へ向かった。すんでのところで一歩踏みとどまったんだ。だが私の背中に向かって彼が浴びせかけた言葉を聞いて、私は玄関先で凍りついた。

「僕の新作を読めば、あなたは今ここで僕を殺さなかったことを後悔するかもしれませんよ」

「どういう意味だ？」

「新作では、扉に彼女への献辞を入れさせていただくつもりです。最後にわかりやすい大甘の恋愛小説を書いて、あなたの会社を儲けさせてあげますよ。これまでさんざんお世話になったお礼にね」

「何を書いた？　まさかきみは、彼女とのことを……？」

「僕は彼女と三途の川の入り口で待ち合わせているんです。彼女は僕に約束してくれたんですよ。自分は雨となってよみがえり、必ずあなたを迎えに来ると。雨が降ったらわたしのことを思い出してほしいと」

「私を本気で怒らせても、いいことなんか何もないぞ。きみが何を書いたか知らないが、きみの原稿などいくらでも闇に葬ることができるんだよ。よそに持ち込んだところで、相手にしてくれるところはあるまい。きみは自分の立場の危うさをわかっているのか？これまで一体誰のおかげで作家面していられたと思ってるんだ！」

「やっと信太郎さんの本音が聞けましたね。これで思い残すことはありません。もうあなたに遠慮する必要はない。この雨を見てください。早く来い、早く来てくれと、亜紀が僕にせっついているのがわかるでしょう？　もうすぐ行くよ、亜紀。きみに捧げる小説を完成したら、すぐに行くよ」

「そんな小説は断じて完成させるものか。いいか、そんな小説は存在しないんだ。それにおまえ、この下衆《げす》野郎、人の女房を呼び捨てにするんじゃない！」

「亜紀は天国で僕の妻になるんです」

玄関の脇に釣り道具一式が置いてあったのを、私の視界は捉えていた。そして私の頭は焦げつくような怒りを覚えながらも、妙に冷静に、数本ある釣竿の中から人間を打ちつけるのに最も適した竿を探していた。かつて私が愛用し、のちに彼にプレゼントした釣竿もそこにあった。握りやすく、振りやすく、しなやかで頑丈な、大物をよく釣ったげんのいい竿だ。私のふるえる手は無意識にその竿を摑んでいた。

「天国で亜紀に会えると思うなよ。おまえは地獄へ行くんだ」

武器を手にし、全身殺意の塊になって突進してきた私を見て、彼はわずかにひるんだようだった。私が竿の先端を彼の喉仏に押し当てたとき、ひときわ激しい稲妻と落雷の音が轟いた。その瞬間、私の頭に名案が閃いた。

「これで喉仏を突き殺してやろうと思ったが、もっといい考えが浮かんだよ。きみは雷が大嫌いだったな。窓を開けてベランダへ出るんだ」

「いやだ。そんなことをするくらいなら、喉をめった刺しにされるほうがましだ」

「血を見るのは好きじゃない。証拠隠滅も楽じゃないだろう。私の立場を考えてみてくれ。会社に汚名が及ぶのは避けなくてはならん。それに感電死のほうが遺体がきれいだと思わないか？」

「それだけは勘弁してくれ。焼け焦げになるんだ、きれいなわけないじゃないか」

「抉られて、切り刻まれて、肉や内臓が飛び散るよりはましだろう。死に至る時間もずっと短くて済む。たぶん、ほんの一瞬で死ねるよ」

私は右手で竿を突きつけたまま、左手で窓の鍵をはずした。暴風雨のため窓を開けるのには手こずった。恐怖で身をこわばらせている彼に釣竿を握らせると、彼をベランダに向かって蹴り飛ばし、急いで窓を閉め鍵をかけた。彼が何か叫んだが、落雷の音にかき消されて聞き取れなかった。

この男が土下座して命乞いをしたら、私はたぶん窓を開けてやっただろうと思う。私は心のどこかでは、人間がそうたやすく雷に打たれて死ぬとは考えていなかったのだ。それにあれほど私をたきつけて殺意に火をつけた彼の心理や、元々のプライドの高さを考えると、雷への恐怖に打ち勝てずに命乞いをするよりは、飛び降り自殺を選びかねないと思っていた。私にとってはそのほうが万事につけて都合がよかった。

そのまま時間にして二、三分が過ぎた。おそらくそれくらいの時間だったと思う。そのあいだ、私は人間ではなかった。狂気の淵にいたのは彼ではなく、私のほうだった。私はまるで神であるかのように窓の向こう側にいる男がどうするか見極めようとして、じっと眺めていたのだ。プライドをかなぐり捨てて命乞いをするのか、誇り高く飛び降りるのか。その行為によって、私は人としての道を踏みはずした。次の瞬間に起こったことは、私のしたことが神の怒りに触れ、罰が下ったとしか思えない。雷はまだ鳴っていたが、にわかに雨が上がったかと思うと、あのうすい翡翠色の首飾りが空から降りてきて、彼の首に巻きついたのだ。

「ああ……亜紀……！」

首飾りがゆっくりと彼の首を絞め上げはじめると、恐怖のために青ざめて表情をなくしていた彼の顔にはっきりと歓喜の色が浮かぶのがわかった。それとほぼ同時に彼の頭上に閃光が瞬き、ひとすじの稲妻が彼の体を射し貫いていた。

＊　＊　＊

米倉氏はそこまで話すと、深い息を吐いて闇を見つめた。何か相槌を打たなければと思ったが、声が喉の奥に絡んで言葉が何も出てこない。

「彼が死んだのを見届けると、私は釣竿を彼の手から引き剝がして元の場所に戻し、窓の鍵はかけずに、ドアの鍵はかけて、マンションを出て行った。十三階から歩いて階段を降り、駐車場に停めてある車に乗り込んで自宅にたどり着くまで、誰にも会わなかった。だが自分では沈着冷静なつもりでいても、やはり動転していたんだな。彼が話していた問題の原稿を回収するのを忘れてしまった。おかげで蒲田くんには読まれてしまったよ」

「なぜ、わたしにそんな話をするんですか？」

「あなたはこれを読みたいんじゃないのかね？」

米倉氏はレインジャケットのファスナーをはずし、内側のポケットから紙束を取り出してわたしに差し出した。

「読みたまえ。我王健児の遺作だ」

「なぜこれをわたしに？」

「彼の評伝を書くには必要だろう」

だがわたしはその紙束を取ることができなかった。あんな大それた秘密を打ち明けられてしまった以上、何らかの意図があるはずだ。我王健児の遺作の存在に気づき、知ってはならない恋人の名前を突き止め、その墓に絡みつくテイカカズラを見てしまったわたしを、この人はあのときと同じように殺しに来たのかもしれない。その冥途《めいど》のみやげに封印した原稿を読ませようとしているのではないか。わたしはそう思ったのである。

「遠慮しなくていいんだよ。ほら、取りたまえ」

「これを読んだらわたしのことも殺すおつもりですか？　多くのことを知りすぎて、それを書こうとしているわたしを。我王さんにしたようにベランダまで閉め出して、感電死させるおつもりですね？　ここは呪われた場所です。我王さんが成仏できずにうろうろしているのはみんな知っています。その作家が死んだ部屋でご本人の評伝を執筆中のわたしが死神に取り憑かれて同じ死に方をしても、誰も怪しまないでしょうからね。なぜあなたがここへいらっしゃったのか、やっとわかりましたよ」

米倉氏はいきなり大きな声で笑い出した。

「いや失礼。まあこれまでの流れから言って、殺人鬼に間違えられるのも無理はないか。だが心配しなくていい。私はただ、あなたにいい本を書いてもらいたいだけだ。あなたが書く評伝は我王健児にとっては唯一のものになるかもしれない。もちろん、もっと後世になって彼の小説の理解者が増え、さらにたくさんの評伝が書かれることを、版元としては願っていますがね」

「でも……これは出版されないんですよね？　この小説の内容を書いてしまってもいいんですか？　我王さんを殺してでも封印したかった小説じゃないんですか？」

「あいつ、ぬけぬけと私を騙したんです。ここにはね、彼と亜紀との恋愛物語など書かれちゃいなかった。自殺する度胸がないものだから、わざと私を怒らせて殺意を抱くように仕向けた。どんな言葉をぶつければ私が理性を失うか、実によく見抜いていた。おそろしい作家です。私が惚れ込んだだけのことはある」

「それならなぜ、この小説の出版を止めさせたんですか？」

「我王健児ともあろう作家の遺作として読まれるにしては、出来に満足できなかったんだ。おそらくこれを書いていた半年間、彼の精神状態は普通ではなかった。亜紀が最後の入院をして、いつ逝ってもおかしくないという状況下で書かれたものと思われる。文章はいつものように端正そのものだったが、切れ味が鈍く、凡作と言われても仕方がない。これを遺作として出版したら、彼の名前に瑕《きず》をつけかねないと思ったんだよ。蒲田くんに言わせれば、それは私の過保護な愛情ということになるらしい。一般的な読者はそこまで厳しく読まないと言うんだ。だが私に言わせれば、愛情が過保護で何が悪い、と思うね。健児くんに関してだけは、私は経営者ではなく一愛読者にしかなれなかったのかもしれない」

「そこまで愛していらっしゃったのに……なぜあんなことを……わたしも我王さんの愛読者の一人として、とても残念に思います」

「すまない……彼の新作を読む喜びを永遠に奪ってしまって……このとおりお詫び申し上げる」

米倉氏はフードをはずし、礼儀正しく頭を下げた。わたしは思わずかっとして、強い声を出して食ってかかった。

「わたしに謝られても困ります。あなたが謝罪すべきは全国の我王ファンであり、何よりも我王さんその人にではありませんか？」

「そのとおりだ。そのために私はここに来た。自らの犯した罪を告白し、健児くんの死の真相を正しく伝えてもらうために」

「ちょっと待ってください。そんなことをしたらあなたの会社は大変なことになりますよ。あなたが築き上げた王国をスキャンダルにまみれさせたいんですか？　死の真相なんて謎のままでいいじゃないですか。秘められた恋についても、相手が誰だったかを書くつもりはありません。わたしにはあなたの苦しみが少しはわかるつもりです。恋人の名を明かされることは、我王さんも決してお望みではないでしょう。死の真相についても、きっと同じだと思います。我王さんは愛する人に連れて行かれた。あのとき、雷が落ちる前に翡翠色の首飾りが我王さんの首を絞めたのでしょう？　だから我王さんを殺したのはあなたではなく、奥様です。我王さんは物の怪に取り殺された。これがたったひとつの真実です」

会長はわたしをじっと見つめ、穴が開くほど強い目でじっと見つめ、ありがとう、と言った。

「お気持ちは有り難いが、私は自分が人でなしになったあの三分間を忘れることはできない。この三年間ずっと、あの三分間のことを考え続けてきた。理性を失い、人間としての品格を失い、外道《げどう》のような振る舞いをした夫に愛想を尽かして、亜紀は彼を連れて行ったのだと思う。あの三分間の罪は何らかの形で罰されなければならない」

「警察に自首なさるおつもりですか？　警察に動機を訊かれて、ありのままを言えますか？　それは我王さんや、何より亜紀さんに大きな瑕をつけることになります。あなたのなさったことは、法で裁けるような罪ではないとわたしは思います」

「それではひとつ訊くが……あなたならどうするかね？」

かつてのカリスマ社長の眼は、悔いと苦悩のために鋭い光を失い、かすかに濡れてふるえているように見えた。その姿は痛々しいほどだった。思えばこの人はまわりじゅう敵だらけの烈しい人生を生き抜いてここまで来たのだ。やっと第二の人生をかわいい妻と穏やかに過ごすはずだったのに、友人に彼女の愛を、病魔に彼女の命を奪われてしまった。最初の妻も病気で亡くしたと聞いている。もう充分ではないか。わたしはできることならこの老人に、静かに余生を送らせてあげたいと思った。

「もしわたしなら、米倉さんほど苦しまなかったかもしれません。自分の妻と不倫していた男です、当然の報いを受けただけだと思うかもしれません。それがたとえ大切な友人であっても、いえ、大切な友人であればなおさらのこと、裏切りを許せなかったでしょう。それに我王さんは心の底から死を望んでいたのです。彼の死はかぎりなく自殺に近いものだったと思います。むしろ米倉さんに感謝しているかもしれません」

「それならなぜ、いまだに成仏できずにこのあたりをうろついているのか？　私はそのことが不憫でならないんだよ。あの世で亜紀と一緒になったはずなのに、何がそんなにまだ心残りなのか？」

「ひょっとしたら……いえ、何でもありません」

「何だい？　言ってみてくれないか」

「ひょっとしたら我王さん、米倉さんとまた釣りがしたくて、一緒に遊んでほしくて、さみしいんじゃないかな、って」

「最後にあんなひどいことを彼に言ったんだ。それはないだろう」

「本気で言ったんじゃないってことくらい、我王さんならお見通しですよ」

米倉氏は突然、ぽろぽろと涙をこぼしはじめた。頬をつたって大粒の滴が床に流れ落ちていくのが薄闇のなかではっきりと見えた。

「できることなら私だって、どんなにもう一度健児くんと釣りをしたいことか……この時期にはよくスイカでクロダイを釣ったものだよ……彼はクロダイ釣りの名手でね……スイカの仕込みにはちょっとしたコツがあるんだが、彼の仕込んだスイカにはクロダイがころりとひっかかって、おもしろいように釣れたなあ……どういうわけか私のスイカには食いつかなくてね……私のボートで船釣りにもよく行った……最初のとき、彼が船酔いして、あちこち吐きまくって大変だったなあ……そんなことばかり思い出して、私はもううまく眠れないんだよ……」

そのとき、ふいに電気が復旧した。消えたときと同じように唐突な戻り方だった。

「ああ、よかった。今、タオルをお持ちしますね」

隣の部屋で洗濯したてのタオルを探してリビングに戻ったときには、米倉氏の姿はもうなかった。一拍おいて、玄関ドアの閉まる鈍い音がわたしの耳に届いた。泣き顔を見られたくなかったのだろうか、米倉氏は来たときと同じように何も言わず静かに部屋を出て行った。ひょっとしたら自分は停電のあいだに夢か幻を見たのではないかと思われるほど、その登場と退場の仕方は鮮やかだった。だがわたしは夢や幻を見たのではなかった。テーブルの上に置かれた我王健児の遺作と、床にしみこんだ雨水と涙のあとが、それがまぎれもない現実だったことを物語っていた。

玄関脇の物置の扉が少しだけ開いていて、釣竿が一本なくなっていることに気づいたのは翌日のことだった。米倉氏が持ち帰ったのはおそらく例の「げんのいい竿」に違いない、とわたしは思った。米倉氏はその竿を持って死者とクロダイ釣りに出かけるつもりなのだろう。さみしがる我王さんの霊を弔うために、昔のように連れ立って磯に並んで、日が暮れるまで一緒に遊ぶつもりなのだろう。

米倉信太郎氏が亡くなったのは、それから二週間ほど後のことである。

自らの所有するプレジャーボートで夜釣りに出て、転覆し、海に浮かんでいるのが翌朝漁師によって発見された。わたしに電話でそのことを報告してくれたのは蒲田氏だった。

「その晩は雨脚が強くて、とても釣りに出られるような状況じゃなかったそうだ。会長ほどのベテランの釣り師がそんな無茶をするなんてありえないよ。認知症が進んでいたのかもしれないというお手伝いさんの話もある」

「二週間前にお目にかかったときには、そんなご様子は微塵も見られませんでしたよ。

そんなの米倉さんに対して失礼ですよ」

「えっ、会長に会ったの？」

「散歩の途中でばったりと。世間話をして別れましたけど」

そういうことにしておいた。そのほうがいいような気がしたのである。

「遺作のことは頼んでみなかったの？」

「ええ。わたしごときがそんなことをお願いするのはやはり厚かましいですからね」

「これでやっと出版できるかもしれない。ああ、そうか。早く本を出したくて、我王さんが会長を連れてったのかもしれないね」

「そうかもしれませんね」

「あなたはまだそんなところにいるの？」

「やっと原稿が乗ってきたんですよ。ここはとても仕事がはかどります。我王さんの道具もあることだし、そのうちわたしも釣りを覚えてみようかな」

「ベランダの気味悪い植物はその後どう？」

「そういえば、いつのまにかきれいに枯れちゃいましたね。我王さんは成仏なさったんじゃないかしら」

「我王さんはまだあらわれてないの？」

「ええ、とうとう一度も。やっぱり霊感がないと見えないんですよ」

結局わたしは、我王健児の亡霊には会えなかった。ベランダの蔦蔓は枯れてしまったが、あの寺へ散歩に行くたび、亜紀さんのお墓に絡みついたテイカカズラが秋の深まりにつれていよいよその赤さを増していくのを目にすることになった。わたしは米倉氏の遺体を引き上げた漁師にこっそりきいてみたかった。その首筋にはうすい翡翠色の首飾りか、血のように赤い蔦蔓のあとがなかっただろうか、そしてその顔には解放の喜びがかすかに浮かんではいなかっただろうか、と。

蟬丸

プロローグ

それはアンコールワットを旅して四日目のことだったと思う。

新婚旅行でこの地を訪れた博雅《ひろまさ》は、ガイドと車をチャーターし、早朝から夕刻まで、広大なアンコール遺跡群を精力的に見てまわっていた。もっとも新婚旅行という言葉からイメージされるような浮き足立った甘さは彼らには無縁だった。学生時代からもう二十年のつきあいになる中年の男女が何度も結婚を延ばしてきた挙句、ようやくけじめとして籍を入れ、彼女の希望により一つの区切りとして旅行に出たのである。アンコールワットに一週間、ベトナムに一週間、タイに一週間ずつ滞在する予定になっていた。

一日目にアンコールワットとバイヨン基本コースを、二日目に大回りコースとバンテアイ・サムレを、三日目に郊外のクバールスピアンとバンテアイ・スレイを見学し、さすがに少し食傷気味になっていた頃だった。はじめのうちこそいちいち感動していたが、よほどの遺跡マニアでもないかぎり、同じような遺跡ばかり立て続けに見せられても飽きてしまうし、ガイドの説明も社会科の勉強みたいに退屈に感じられてくる。おまけに四十代の新婚旅行客は珍しいらしく、ガイドが興味津々で余計な質問をしてくるのも鬱《うっ》陶《とう》しさを増していた。

四日目の午前中は郊外のベンメリアで、鬱蒼とした森の奥深くに埋もれ、修復途中で崩壊の進むまま放置された寺院の姿はこれまでとは趣の違う面白さがあったが、連日炎天下を歩き回っていた疲れも出て、慶子やガイドに話しかけられてもほとんど返事もできないほどになっていた。だから午後から連れて行かれたロリュオス遺跡群では早く時間が過ぎ去るようにと念じることしか頭になかった。

ロリュオスではたしか三つくらいの遺跡をまわったはずだが、その子供を見たのがどの遺跡だったか、博雅はもう覚えていない。観光客にまとわりついて、ワン・ダラー、ワン・ダラーと小銭をたかる地元の子供たちはどこにでもいて、その子もそんな子供たちの一人だった。はじめは慶子のほうに一本の野の花を差し出して、ワン・ダラーと言ってきた。ただでお金をもらおうと思っていないところに好感が持てたらしく、彼女があげてもいいか、と彼に目できいてきた。彼は物乞いにお金を与えることをよしとしない。相手がどんなにかわいい子供であってもだ。彼女はそれをよく知っているから、彼の意向を気にしたのだ。

「ごめんね。お金はあげられないけど、キャンディならあげよう」

「そのミントキャンディ、子供には辛すぎるんじゃないかしら?」

するとガイドが、彼女のその言葉を聞きとめて、

「カンボジアの子供は何だって喜んで食べますよ」

と言ったので、彼は大人向けに作られたアメリカ製のスーパーハードミントキャンディを与えた。子供は礼を言って受け取り、早速口の中に入れておいしそうに食べはじめ

た。そしてもっとくれと言うように手を差し出してくる。

「気に入ったみたい。ねえヒロ、もっとあげて」

「ごめん、もうないや。あれが最後だった」

ガイドがそれを子供に通訳すると、子供は急に彼らに興味を失った様子で離れていった。そして彼らから少し離れた石段に腰かけ、ポケットからｉＰｏｄを出して聴きはじめたのである。たった今一ドルねだっていたカンボジアの貧しい子供がｉＰｏｄを聴いているというシュールな光景は博雅にちょっとしたショックをもたらした。しかもそのｉＰｏｄは昔の古いモデルではなく、彼のと同じ最新型のモデルの色違いだったのだ。

「どうしてあの子はあんなもの持っているのかな？」

とガイドに言ってみると、ガイドも不自然に思ったらしく、その子供にたずねている。

「観光客が落としたのを拾ったそうですよ」

「ああ、なるほど。そういうことか」

「日本人だったそうですよ」

「落としたのをすぐに拾ったのなら、渡してあげればチップがもらえただろうに」

「それより、あれを売るほうがはるかにお金になりますからね」

「でも彼は売らないで自分のものにしたみたいだね」

子供の表情があまりにもうっとりと恍惚に満ちていたので、どんな種類の音楽が流れているのか、博雅は職業柄ちょっとした興味がわいた。きっと拾ったあとで試しに聴いてみたら、流れてくる音楽が気に入ったから手元に置いておきたくなったのだろう。だがガイドは早く遺跡を案内したいらしく、彼らを急かして歩き出した。

「もうよろしいですか？　それではご説明いたします。この遺跡は八八一年にインドラヴァルマン一世によって建てられましたピラミッド式の遺跡で……」

説明を聞き流しながら一回りして元の入り口のところに戻ってくると、さっきの子供が同じ姿勢でｉＰｏｄを手にしていたが、様子が少し変わっていた。ひどく悲しそうに振ったり叩いたりしている。

「どうしたの？」

と日本語で声をかけると、ガイドが通訳してくれた。

「壊れて音が出なくなったと言っています」

「どれ、見せてごらん……ああ、これはただの充電切れだよ。壊れたんじゃない。充電すればまた音楽が聞こえるよ」

と言うと慶子が、

「といって、まさか充電器までは落としていってくれなかったでしょうしね」

とニヤニヤしている。

「こうしないか。僕はホテルに帰ればこのｉＰｏｄを充電できる機械を持っている。一晩預けてくれたら、充電して明日持ってきてあげよう。どうかな？」

「物好きね、ヒロ。何もそこまでしてあげなくても」

ガイドが通訳すると、子供はその件についてガイドとしばらく話し合った挙句、しぶしぶといった感じでｉＰｏｄをよこした。この日本人が確実に返してくれるか、心配だったらしい。でも結局は彼を信じることにしたようだ。

その夜、慶子がホテル内のスパに出かけているあいだの暇つぶしに、一体どんな音楽が入っているのかと、博雅は充電の終わったｉＰｏｄのスイッチを入れてみた。ギターのイントロが十六小節分流れたあとでその歌声が聞こえてきたとき、彼は心臓が止まりそうになった。時間が止まり、あらゆる物音が止まり、すべての思考が停止した。

「ああ……蟬丸《せみまる》……」

それは彼がこの手でデビューを手がけ、全曲のアレンジをおこなってきたバンドのヴォーカリストの声だった。セカンドアルバムの全国ツアーの最中に姿を消し、以後三年間行方知れずになっている男の、忘れようにも忘れられない声だった。彼の声だけは、博雅が聴き間違えるはずがない。彼が子供の頃から十五年間、この声を聴き、その手で音楽を教えてきたのだから。伴奏のギターを弾いているのは姉の逆髪《さかがみ》に違いない。ふたりはまだどこかで、音楽をやっていたのだ。

ｉＰｏｄの中に入っていたのは二曲だけで、そのどちらも聞き覚えのないものだった。彼らが出した二枚のアルバムの中には入っていない未発表の音源ということになる。画面に表示された曲のタイトルはテイク1、テイク2という素気ないものだった。おそらく彼らが自分でＣＤ—Ｒを作り、そこからｉＰｏｄに落としたに違いない。

「どうしたの？　顔が真っ青よ」

いつのまにか彼女が部屋に戻っていたことにも博雅は気づかなかった。彼は涙ぐんで、ふるえていた。さっきからずっとふるえ続けていた。

「生きてたよ、彼……生きて歌っていたんだよ……」

「彼ってまさか……蝉丸が……？」

その名を口にすると、彼女の顔も青ざめていった。

「この中に彼の新曲が入ってた」

「あなたの知らない曲が？　そんなこと、ありえないわ」

「まだ誰の手も入ってない、たたき台だよ。でもこのギターは逆髪だし、歌っているのは蝉丸に間違いない」

「ちょっと聴かせて」

彼女はイヤホンを挿し、しばらく耳を傾けて、首を振った。

「私にはわからないわ。彼の声だと言われればそんな気もするけど……でも、以前の声と声質が変わってない？」

「そうだ。凄《すご》みと深みが増してる。いつのまに彼はこんな歌が歌えるようになったんだ」

「じゃあこのｉＰｏｄを落としたのは、蝉丸本人か逆髪か、あるいは限りなく彼らに近い人ってこと？」

「たぶんそうだろう。そうとしか考えられない」

「なぜアンコールワットに……なぜ今になってまたあなたの前にあらわれるのよ？」

思わず口を滑らせた彼女から黙ってｉＰｏｄを取り戻すと、彼女の顔はさらに青ざめて凍りついた。部屋の中に重苦しい沈黙の帳《とばり》が降りてゆく。

「少し外を歩いてくる」

その重苦しさに耐えられなくなった博雅は、凍りついて丸まっている彼女の背中を残し、ｉＰｏｄのイヤホンを耳に突き刺したまま外に出た。そしてシヴォタ通りを抜けてオールド・マーケットのあたりまで、ネオンと人波で溢れかえる夜のシェムリアップの繁華街をふらふらとあてもなくさまよいはじめた。頭の芯がゆっくりと痺れてきて、脳髄の奥で青白い炎が花びらのように開いては散り、散ったはしからまた開いて無限の眩暈《めまい》を引き起こしていった。

1

暗転の闇を切り裂くギターのイントロが叩きつけるように入り、ドラムとサックスの雄叫びがそれに続くと、ステージの四方八方から七色の照明が降り注ぎ、十字架の上に磔《はりつけ》にされたヴォーカリストが浮かび上がる。長い髪を垂らし、痩せた裸身を無防備に晒して、腰に薄布を巻きつけただけのなまめかしい姿は磔刑《たっけい》のキリストそのものだ。キーボードがギターの旋律に足並みを揃えてメロディーを奏ではじめると、コントラバスが楔《くさび》を打ち込むような正確さで深いリズムを刻みつける。それに呼応するかのように磔のヴォーカリストは手首の楔を引きちぎってマイクを摑み、オープニングの曲を歌いはじめた。

彼がもし上半身裸でなかったら、誰もが女だと思ったことだろう。どこまでも澄み渡って天上の高みへと伸びてゆく高音域、豊かな声量と艶で独特のふくよかな輝きを放つ中音域、そして揺るぎなく深い陰影を湛えた低音域。それは女の声のようでありながらしかし、繊細さを併せ持った力強い芯のあるダイナミックな声であり、女の声でも男の声でもない、まぎれもなくすみずみにまで楽器としての磨きをかけられたカウンターテナーの声だった。

そして奏でられている音楽もまた、ロックでもない、クラシックでもない、ポップスでもない、無国籍で無ジャンルのものだった。ただひたすらに力強く過剰で時には邪悪でさえありながら、透明で、清澄で、ぞっとするほど美しい光輝を放っていた。

「よし、つかみはバッチリだ。オープニングからノリノリだな」

隣でステージを見守っていたジュピターミュージックの奥寺が、小声で博雅に声をかけてきた。

「蟬丸が？　客席が？」

「どっちもよ。すごくいい感じだ。あのキリストは宮本さんの演出？」

「ちょっと露出させすぎたかな。ライトで肌が焼けるかも」

「いやいや、エロくて最高。女だけじゃなくて、男も涎垂らすぜ、あれは」

博雅としてはそういうつもりで蟬丸にあんな格好をさせたわけではなかったが、あれでレコード会社と観客が喜んでくれて少しでもCDの売り上げにつながるのなら、蟬丸としても本望だろう。彼はただ、蟬丸が女ではなく男であることを、この歌声がカウンターテナーであることを最初から効果的にわからせたかっただけだった。何しろあの容貌であの声である。普通の格好をして歌っていればステージの最初から最後まで女だと思われ続けても仕方がない。このライブハウスには、蟬丸の姿を初めて目にし、その声を初めて耳にする客がたくさんいるに違いないのだから。ライブのあいだじゅう、このヴォーカルが男なのか女なのかと悩ませ続けるよりは、最初にまず衝撃の洗礼を与えたかったのだ。

両性具有の妖しい魅力を撒き散らす十九歳のヴォーカル蟬丸と、攻撃的なギターでバンド全体の音を先導しながら時折デュオで絡む二十四歳の逆髪。蟬丸バンドはこの二人の姉弟による一風変わったデュオバンドである。このバンドのライブでは、客席が総立ちになることは決してない。蟬丸の類まれなる声を一音たりとも聞き逃すまいと誰もが息を詰めて耳を傾けるから、会場はしんとした静謐につつまれることになる。観客が熱狂の拍手と歓声をあげるのは、カーテンコールのときに限られる。ライブにつきもののトークも一切なく、淡々とストイックにステージが進んでいく。もっともトークに関し

ては、

「トークなしってのは愛想がなさすぎるんじゃないの？　少しでもいいから何か喋ってくれると、女の子たちはもっと熱を上げると思うがね」

と奥寺からクレームをつけられているので、ツアーのあいだに一考すべき価値はあるだろうと博雅は考えていた。あのシャイな蟬丸が少しずつステージ慣れをしてきて、客席の不特定多数のファンに向かって挨拶の言葉を語りかける気持ちにもしなってくれたら、やらせてもいい。でも無理強いはしたくない。

博雅は客席をひとわたり眺め、ほぼ全員が潤んだ瞳で蟬丸に夢中になっているのを確認すると、満足してライブハウスを出た。今日も彼が気持ちよさそうに歌っていること、それが博雅にとっては何より大切なことだった。客の入りや、CDの売り上げや、チャートの順位などよりはるかに大切な、優先されるべき唯一の事柄だった。

蟬丸バンド初の日本全国縦断ツアーは、南の沖縄から幕を開けた。

大阪以西でライブをおこなうこと自体が初めてなのだから、せめて新し物好きで耳の肥えた聴衆のいる福岡からスタートさせるべきだと奥寺は主張したが、博雅が沖縄からのスタートにこだわったのはもちろん勝算があったからであり、それとは別に、蟬丸が南の海を見たいと言ったからだった。普段決してわがままを言わないどころか、自分の意志や感情を極力表に出すことのない控えめな性格のヴォーカリストが、北から南までの縦断ツアーの計画を知らされたとき、ぽつんと独り言のように呟いたのを博雅は心に留めていたのである。いつもそんなふうにして博雅は、蟬丸の胸の内を慮《おもんぱか》ってきた。自身の胸の内を後回しにして、まず何よりも蟬丸のことを気遣い、彼が本当は何を望んでいるかを考える長年の習慣がついていた。

とはいえ、バンドの正念場であり、長丁場になるツアーの初《しょ》っ端《ぱな》でケチをつけたくはなかったから、いざ蓋を開けてみるまでは博雅も気が気ではなかったが、幸いにも那覇のライブハウスは立ち見も出る盛況で、ＣＤもよく売れたのでスタッフ全員大いに胸をなで下ろした。

「明日の琉球ラジオの生番、取れそうだ。昔世話したタレントがパーソナリティやってて、ねじこめそうなんだ。朝九時からの三十分番組なんだけど、福岡への移動は午後からだから、大丈夫だよな？」

初日の打ち上げを市内の居酒屋でやっていると、場を中座していた奥寺から博雅の携帯に連絡が入った。頼んでもいないのに、と博雅は思わず舌打ちしたい気分だった。大手芸能プロダクション出身のレコード会社プロデューサー氏は悪い人間ではないのだが、いつも強引で態度がでかいところが気に障る。

「せっかくですが奥寺さん、そういうのはあの二人にはまだ早いですよ。いきなりラジオでしゃべれって言われても、無理です」

「何言ってんの？　地元ローカルラジオのゲスト出演をなめるんじゃないよ。いいかい、これは大きなチャンスなんだよ?」

「はい、仰ることはごもっともです。あの二人がもうちょっと場慣れをしてきましたら、いずれそういうことも……」

「宮本さん、あんた、欲のない人だねえ。どこまでもお坊ちゃんなんだよねえ。そんなにスマートにのんびりしてたら、この世界、この次もいずれもなくなっちまうんだぜ」

若い頃はドサまわりの演歌歌手に付き添って日本全国津々浦々を這うように旅してまわったという男は、機嫌を損ねてそう言い捨て、電話を切った。これでジュピターミュージックとのパートナーシップにひびが入ったかもしれない。すぐに電話をかけ直して、その仕事やらせてくださいと頭を下げるべきなのかもしれない。だが、明日の午前中は蟬丸を海に連れてゆく約束をしていた。半日しか時間がないから離島まで足を延ばすわけにはいかないが、車で一時間も走れば立派な沖縄の海がある。地を這うような営業活動は自分がいつかどこかで埋め合わせるから、蟬丸には美しいものを見せてやりたかった。

「奥寺さん、遅いね。もうすぐお開きなのに。どこ行っちゃったんだろう」

蟬丸が気にして声をかけてきた。ファーストステージを終えたばかりの興奮の余韻がまだ全身に漂っているようだ。ビールを三口ばかり飲んだだけなのに、耳たぶから首筋にかけて色白の肌がピンク色に上気している。

「さあね。あの人はあちこちに知り合いがいっぱいいるからさ、きっとどこかでつかまってるんだよ。それよりセミ、明日八時半にロビーに集合だぞ。起きれるか？」

「もちろん。ぼく楽しみで眠れないかも。海、ずっと見てなかったんだ」

「ガミも行くよね？」

「海は見たいけど、朝早すぎ。わたしはパス。お二人で楽しんで」

逆髪のほうは、泡盛をどれだけ飲んでも顔色に変化はない。酒豪の姉と、下戸の弟。そんなところもこの二人のきょうだいはまったく正反対にできている、と博雅は思う。

「二人じゃないよ。祐二さんとマリさんも一緒だよ」

と蟬丸が慌てて言えば、博雅も、

「吉岡さんも起きられたら行くって」

とすかさず続ける。

「ガミも行こうよ。沖縄の海だよ？」

「じゃあ起きられたらね。でもたぶん、起きられない。朝まで曲書いてるから」

「ツアー中は徹夜はするな。肌が荒れる」

「どうせお客さんはみんなセミを見に来るんだし。わたしは引き立て役だから」

「今度そういうこと言ったら、俺、本気で怒るからな」

博雅が真顔で睨みつけると、逆髪は満更でもなさそうにハイハイと言いながら泡盛をあおった。この女に何を禁止したところで無駄だということを、博雅は長年のつきあいでよく知っていた。興が乗れば朝まで曲を作り続けるだろう。酒も強く、体力も男並みにあり、集中力も半端ではない。何より意志の力がものすごい。蝉丸と逆髪はきっと神様が部品を付け間違えたに違いないと、まわりの誰もがそう思っていた。

蝉丸バンドのすべての楽曲は姉の逆髪が詞を書き、叩き台としての曲を書いたあとで、仕上げの作曲と編曲を博雅が受け持っていた。逆髪がつくるのは純粋なロックバラードだが、それを蝉丸の声質にあわせてクラシカルなアレンジをするのが博雅の仕事だった。そして蝉丸バンドの曲のかなめは、原曲を何倍にもすばらしく再構築してしまうこの魔法のようなアレンジにあると言われていた。しかも、彼が担っているのはクリエイターとしての部分だけではなく、実質的な雑用すべてにまでまたがっていた。宮本博雅はバンドのアレンジャーでありながらマネージャーであり、プロデューサーでもあった。

今回のツアーはセカンドアルバムの宣伝のために組まれている。デビューアルバムはマイナーレーベルからひっそりと出て、ほとんど注目されることはなかったのだが、蝉丸と逆髪の姉弟があの由井《ゆい》捨麿《すてまろ》の遺児であるという情報がどこからともなく流れると、それならちょっと聴いてみようかという音楽関係者が数人いて、そのなかの一人がライブに足を運んで衝撃を受けたことから、中堅どころのレコード会社からセカンドアルバムの声がかかったのである。それが奥寺公彦だった。

「いやあ驚いた。よくあんな子を見つけたな」

「そこいらで見つけたわけじゃありませんよ。彼らのことは子供の頃からよく知っているんです」

「宮本さんって、たしか、由井捨麿のお弟子さんだったよね？」

「由井先生には音大時代から可愛がっていただきました。私にとって師と呼べるのはあの方だけです」

「その顔で、しかもこれだけ才能がありゃ、そりゃあ可愛がられるだろうな」

奥寺は下品な含み笑いを浮かべて博雅の端正な顔立ちをまじまじと眺めた。博雅はいつものように下種《げす》の勘繰りは意に介さず、

「誤解しないでください。詞も曲もつくっているのは逆髪です。私ではありませんよ」

と、やんわり相手をたしなめた。

「謙遜しなさんな。宮本博雅のアレンジャーとしての才能は誰もが認めるところだ。あんたは凡庸な曲を宝石に変えるマジシャンだ。それなのに無名の一バンドの専属になって、マネージメントまでしているのはなぜなのか、俺はそれがひっかかっていたんだ。でも今日あの子の声を聞いて、その理由がわかったよ」

「蟬丸の声は二百万人に一人のものです。狭いクラシックの世界に閉じ込めておくには、あまりにももったいない。逆髪の音楽性も、父親譲りのすばらしいものです。あの二人は、サラブレッドなんですよ」

「たしか腹違いなんだよな？　姉の方が本妻の子で、弟が妾《めかけ》の子だっけ？」

「二人とも由井先生の血を引くすぐれたミュージシャンです」

「あの事件のとき、あの子たちはまだ小さかったんじゃないのか？」

「逆髪は十歳で、蝉丸はまだ五歳でした」

「そうか……あれからもう十四年になるのか……」

「あの事件のこと、まだ覚えてます？」

「衝撃的だったからね。当時、週刊誌やワイドショーが派手に取り上げていたから。きみらお弟子さんたちはさぞ大変だったろう？」

「一番大変だったのは、あの子たちですよ」

「それはそうだろう。あんなことを乗り越えて、よくぞここまで育ったもんだ」

彼らはまだ乗り越えたわけではないだろう、と博雅は思う。いやそれとも、乗り越えられないまま年月を重ねてきたのは、この俺のほうなのか。俺だけがあのときの青年のまま大人になりそこねてしまったのだろうか、と。

先生、と博雅は今でも呼びかけることがある。息苦しい夕暮れどきや、眠りを失った夜半どき、よしなし事をつらつらと考えたあとで、ねえ先生？と、呼びかけるのだ。

＊　＊　＊

あのとき、博雅自身はまだ二十四歳の若造だった。音大の作曲科を出て、恩師であった由井捨麿の個人的な弟子となり、彼の仕事の手伝いをしながら作曲の勉強を本格的にはじめた頃だった。当時、すでに由井捨麿は現代音楽作曲家としてのピークを過ぎ、地位と名声に翳りが差し、長い深刻なスランプに陥って新曲を発表しなくなってから十年近い年月が流れてはいたが、音大で作曲理論や現代音楽史を教えたり、カルチャーセンターで素人相手に作曲講座を開いたり、過去に一世を風靡した曲がカバーされてコマーシャルフィルムで使われたりして、細々とその名を生き延びさせていた。

彼はまだ五十歳だったが、二十代で華々しく活躍し、三十代前半で作曲家としては終わったと見做《みな》されていた。だが博雅は、彼が二十代のとき作った前衛的な映画音楽や合唱組曲、とりわけ教科書にも載っている子供向けの抒情歌に惹きつけられて、彼に教えを乞うために、彼が教鞭を執っている音大の門を叩いた口だった。今やどんなに落ちぶれて、酒臭い息で講義をしようが、女癖の悪さに大学側が手を焼いていようが、由井捨麿は博雅にとって憧れの作曲家に違いなかった。

由井捨麿という人物は、たしかに世間的な常識の物差しで測れば、眉を顰《ひそ》められても仕方のないところがたくさんあった。女にだらしがなく、酒乱で、酔うと学生にも、女子供にも暴力を振るった。さらに長年のスランプによって神経をボロボロに病んでおり、アルコール中毒にくわえて薬物中毒にも蝕まれていた。自殺未遂を二回引き起こし、入退院を何度も繰り返していた。まさに絵にかいたような破滅型の後半生だが、音楽の世界で食べている者なら誰もが、才能と人徳とが必ずしも結びつかないものであることをよく知っていた。

「あの人があんなふうになったのは、曲が書けなくなってからだよ。昔の彼はもっと好青年だった。酒も嗜む程度しか飲まなかったし、女遊びをする暇もないほど仕事に没頭していたものだ。スランプってのは本当にこわいね。人間を徹底的に追い詰めて、破壊してしまう魔物だね」

と、ある教授がしみじみ話していたのを、博雅は今でもよく覚えている。

だが世間でどんなに悪く言われても、博雅が由井のことを慕い続けたのは、その本質を見抜いていたからに他ならない。由井捨麿はただの気の小さな、ほとんど純真とも呼べる魂の持ち主であり、一から十まで作曲家たらんとした、誇り高い音楽のしもべだった。たとえ五線譜に音符を書かなくなっても、体の奥深いところでつねに曲想を追いかけていた。彼が浴びるほど酒を飲まずにいられないのは、一瞬でも酔いが醒めれば書けないという現実が背中を追いかけてきて正気を保つことができなかったからであり、彼が次から次へと女たちを口説かずにいられないのは、情が深すぎるからというだけではなく、女の中には音楽のミューズが潜んでいるに違いないと信じ込んでいて、恋愛感情によって化学反応をもたらし、それがいつかまた自分に曲を書かせてくれるだろうという縋《すが》るような思いを捨て切れなかったからなのだと、博雅は考えていた。

由井のほうでも博雅を特別に可愛がっていたのは、彼の作曲家としての才能に目をかけたからでもあるが、彼のそんな思慕が伝わっていたからなのだろう。古くからの弟子をさしおいて、彼だけは学生の時分から自宅への出入りを自由にさせていた。「宮本くん」ではなく「博雅」と名前のほうで呼び捨てにするのも彼だけだった。由井には男色の噂もあり、そんな特別扱いをすればするほど、博雅は由井の稚児《ちご》であるとのまことしやかな噂が流れたが、それは兄弟子たちが博雅の才能とその美貌に嫉妬して根拠なく流したただの中傷に過ぎなかった。

　まだ若い博雅は、使い走りのようなことからスコアのコピーや分類まで何でもやらされたが、由井の個人的な雑用を言い付けられることも多かった。どんな用事でもいやな顔ひとつしないで引き受けるので、特に女性関係の整理のさいにはずいぶんと重宝され、手切れ金を渡しに行かされたり、滞っている生活費を愛人宅に届けに行かされたりした。

「博雅……やばいことになっちゃったよ」

　ある明け方、憔悴しきった声でかかってきた師からの電話を、彼は寝ぼけ眼で取った。

「先生……どうしたんですか？」

「礼子が自殺しやがった」

「えっ」

「一緒に寝ている隣で、頸動脈を切りやがった。俺は飲んで爆睡してて、全然気がつかなかったよ。さっき目を覚ましたら、ベッドの中が血の海で……礼子はもうこときれていて……ちくしょう、まいったぜ」

　いっぺんに眠気が吹き飛び、礼子とはどの女であったか、彼はとっさに都内と横浜三ヶ所にある由井の愛人宅を思い出してみた。田園調布に本宅を構える由井がかよいやすいよう、彼は愛人たちを東横線沿線に住まわせていた。由井は運転免許を持たないので、事務所も代官山に構え、ほとんどの所用が東横線一本で済むようにしていたのである。祐天寺、多摩川、大倉山……そうだ、大倉山の女だ。しかも由井はこの女とのあいだにだけ男の子をもうけている。

「礼子さんには、たしかお子さんが……」

「実はそのことでおまえに頼みがある。こんな時間にすまないが、車で大倉山の家まで来て、子供を田園調布の家へ連れて行ってくれないか。母親のこんな姿を見せるわけにはいかないからな、なるべくなら寝てるのを起こさないようにそうっと運んでやってくれよ。女房とはもう話がついてるから」

「わかりました。すぐ行きます」

大倉山の家には何度か、由井を送って行ったことがあった。車を持っていて送迎に役立つ弟子は他にもいたが、由井は博雅の助手席に乗ることを好んだ。何かと便利だからと、博雅まで東横線沿線に引っ越させ、綱島の駐車場つきのマンションをわざわざ探してきてくれて、駐車場代を事務所の経費で落ちるようにしてくれた。そのわりに運転手として使われることは月に数回ほどしかなく、由井はたいてい電車で移動していた。

車のエンジンを温めながらようやくはっきりと目が覚めてくると、博雅は礼子という女の顔立ちを思い出そうとしてみたが、うまくいかなかった。いつも玄関先で会釈されるだけだったので、顔をよく見る機会もなかった。ただ、本妻も含めた四人の女たちの中では飛びぬけて綺麗な面差しをしていたこと、由井好みの激しい気性がその目によくあらわれていたこと、などが思い出されただけだった。

「俺は男を食い殺すような激しい女が好きなんだ。カマキリみたいに交わったあとでオスを食べる女なんか最高だな。あれこそ究極のセックスであり、愛の姿だな。一歩下がってしとやかに控えてる女なんて、つまらんよ」

と、由井はよく弟子たちに語っていたものだ。礼子さんはなぜ、隣で眠る先生の首には刃を当てなかったのだろうか？　なぜ愛する男を食い殺さずに、ひとりで逝ってしまったのだろうか？　そんなことを考えながら運転しているうちに、大倉山に着いた。

玄関の鍵は開いており、ドアを開けて中へ進むと、リビングの奥にそこだけ明かりのついている部屋があったので、迷わずその部屋に向かった。はじめに聞こえてきたのは、この世のものとは思えないほど清らかなボーイソプラノの歌声だった。博雅は思わず廊下で立ち止まり、場違いとはいえあまりの美しさに鳥肌を立てながら、その歌声をしっかりと耳に刻みつけた。

これはフォーレの、ピエ・イエスではないか。先生が礼子さんの魂を弔うために、CDでもかけているのだろうか？　だが伴奏の音楽がない。ピアノもオルガンも聞こえない。生の剝き出しの歌声だけが、泉の奥底からこんこんと湧き上がるように、微塵もぶれのない音程で、静かだが力強く、悲しみと哀惜のために透きとおりながら、血の匂いのする凄惨な部屋で響きわたっているのだ。そしてその歌声のあいだから、通奏低音のように、ひくい嗚咽の声が漏れている。

博雅が息をのんで部屋に入ると、パジャマ姿の小さな男の子がベッドの脇に立って、その中に横たえられているもう死んでしまった母親に向かって、懸命に歌を歌っていた。その横で由井捨麿が、亡骸の髪の毛にこびりついた血の塊をタオルで拭き取りながら泣いていた。彼の顔も、首筋も、胸元も、べっとりと赤黒い血にまみれていた。血はカーテンにも床にも天井にも飛び散り、キングサイズのベッドの中にはぬらりとした血溜まりができていて、そのなかに礼子さんが青白い顔をして浮かんでいた。まるでミレイが描いた「オフィーリアの死」の絵のようだ、と博雅は思った。だが彼にはもう死んでしまった女より、今生きて歌を歌っている子供のほうが気がかりだった。

「せ、先生……」

博雅が喉からやっとのことで声を絞り出すと、由井は手を止めて彼を見た。

「ああ、博雅……来てくれたか……」

「この子は……？」

「蝉丸だ。ついさっき起き出してきちまってね。見るなと言ったんだが、母親のそばを離れようとしない。死んでるのがわかるのかな。さっきからずっと歌ってる」

二人が言葉を交わしているあいだも、蝉丸は歌うのをやめようとはしなかった。

「もういいよ、蝉丸。おまえの歌に送られて、ママはちゃんと天国へ行ったよ」

と父親にやさしく言われて、蝉丸はようやく歌うのをやめた。博雅はたまらずに子供を抱き上げ、彼の視界から母親の姿が見えないようにした。

「きみが蟬丸くんか。すごくきれいな声だね。その歌、お父さんに教わったの？」

「ううん、お母さんに」

「礼子は声楽家だったからな。五歳の子供にも、ラテン語の歌はきちんとラテン語で歌えるように教えてた」

　そう言うなり、由井は突然けたたましく号泣した。遺体の髪の毛を拭きながら、男泣きに泣いた。どこもかしこも血にまみれているのに、なぜ髪の毛だけを執拗に拭き続けるのか、博雅はようやく師の行動の不可解さに気づいて、寒気を覚えた。

「先生……大丈夫ですか？」

「なあ博雅、こういうときは警察を呼ぶのかな？　それとも救急車かな？　でももう死んでるんだから、救急車呼んでもしょうがないよな……なあ、どっちだと思う？」

「でも先生、警察なんか呼んだら、先生のお名前に瑕《きず》がつきませんか？　あとのことは僕がやったほうがいいんじゃないでしょうか」

　取り乱していた男は、その言葉を聞くとふいに号泣を止めて、ばかやろう、と弟子を怒鳴りつけた。

「若いのにそんなせこいこと考えるんじゃねえよ。俺の女が死んだんだから、俺が片をつけるのは当たり前だろう。大体な、俺はもう瑕がついて困るほどのお名前じゃねえんだ。いいから早くその子を連れてってくれ」

「はい、すみません。田園調布のお宅に蟬丸くんを運んだら、すぐ戻ってきて後始末をお手伝いします。きっと誰かいたほうがいいでしょうから」

「こっちはいいから、しばらくこの子のそばについていてやってくれないか。あの家にまだこの子の居場所はないだろうからね。逆髪もこの子をいじめるかもしれないし、女房も扱いに困るだろう。俺もいつ帰れるかわからん。この子が眠って、目が覚めたとき、誰かひとりくらいは味方がそばにいてやってほしい」

「わかりました。でも……僕は、先生のことが心配です。このまま放っておけません。せめて少しだけでも、おそばにいてはいけませんか？」

「色男め。今の俺にやさしくするなよ。博雅はいい男だから、いつかきっとおまえにも女難が降りかかってくるだろう。ひとつ忠告しといてやる。いいか、別れ話をしたあとで、絶対に女と同衾《どうきん》するなよ」

「じゃあ、礼子さんはそれでこんなことを……？」

「もう行け。警察が来る前に、俺と礼子を二人きりにしてくれ」

子供の着替えや靴のことなど、何ひとつ頭に浮かばなかった。パジャマ姿のまま、靴下も靴もはかせずに、博雅は子供を抱いて車に戻った。あんなおそろしい場所から一分でも早くまともな世界へ連れ出したかった。

だが、この子が安心して眠ることのできる場所が果たしてこの世界のどこかにあるのだろうか？　由井の危惧が、由井家に何度も足を運んでいる博雅にはよくわかった。娘の逆髪はとても変わった女の子で、時々病気のように激しく癇癪を爆発させることがあり、髪の毛を逆立て泡を吹き、そんなときは親でさえそばに近寄れないほど危険なのだ。夫人は夫人で礼子さんに勝るとも劣らない激しい気性の持ち主で、由井に死ぬほど惚れぬいているから、愛人の子供を可愛がるとはとても思えない。この子にとって田園調布の屋敷はまさに針のむしろになるだろう。

「寒くない？」

助手席に座らせたとき、博雅は初めて彼のパジャマの袖口にも、襟元にも血がついているのに気づいたが、もう引き返して着替えを取りに行く気にはなれなかった。蟬丸はぐったりとして、何の返事もしなかった。その顔には何の表情も浮かんでいなかった。自分の上着を脱いで彼に掛けてやるためにもう一度その顔を覗き込んだとき、目の動きを見て、博雅にははっきりとわかったのである。

ああ、この子はさっきから途切れなくずっと歌い続けているのだ。声を出していないだけで、頭の中ではひたすらに歌詞を追い、音程をあわせ、心をこめて、母親を天国へ送るために、今も必死で歌っている。そうしなければ自分がばらばらになってしまうから、何か得体の知れない魔物に取り込まれてしまうから、泣いてもどうにもならないことがわかりすぎるほどわかっているから、生きるために、泣かないために、大好きなママのために、ありったけの力で歌い続けているのだ。

「きみの歌、僕、大好きだ。もっと聴きたいな。声に出して歌ってくれる？」

蟬丸はコクンと頷いて、小さな声で歌いはじめた。ピエ・イエス・ドミネ、ドナ・エイス・レクイエム、ドナ・エイス・レクイエム。あわれみ深い主イエスよ、彼らに安息を与えたまえ。彼らに永遠の安息を与えたまえ。

歌い疲れてよく眠れるように、博雅は何度も何曲もリクエストした。蝉丸は驚くほどたくさんの歌を知っていた。子供なんか可愛いと思ったことは一度もないのに、この子に対してほとんど無条件の留保のない情愛を抱き、この完璧な歌声に対して狂熱だけでなく畏怖すら感じている自分に、博雅は驚いていた。このわけのわからない、強くて熱すぎる感情は一体何なのだろう、と博雅は考え、これが何かに似ていることに気づいて、慄然とした。それはおそらく、キリスト教徒が神に対して抱く愛と畏怖に似ているのだった。

「何も心配しなくていいよ。これからは、僕が守ってやるからな。きみはただ、歌っていればいい。いつも、どんなときでも、歌っていればいいんだよ」

蝉丸はまた、コクンと頷いて、歌を続けた。神は小さな声で歌う。神は最も弱き者に宿る。神は地獄の血を光に変える。

博雅は隣でふるえている小さな手を握りしめた。血でべとべとした小さな手は、遠慮がちに彼の手を握り返してきた。空はゆっくりと明けはじめていた。フロントガラスの上空に、暁の明星が輝いていた。博雅と蝉丸はこうして出会った。この最悪の夜明けが、それからの二人の長く厳しい涯《は》てのない白夜の始まりだった。

2

この出来事を境に、由井捨麿の人生はさらなる荒廃の一途をたどることになった。長年勤めていた音大を突然辞めてしまい、カルチャーセンターでの講座も降りてしまった。会合やパーティも欠席することが多くなった。弟子たちともめったに会おうとしなかった。祐天寺の女とも多摩川の女とも縁を切ってしまい、博雅は彼女たちに手切れ金を渡しに行かされた。そのようにして少しずつ人々の前に出なくなり、ほとんど家の中にひきこもるようになるまでに、大して時間はかからなかった。

博雅はずっと蝉丸のその後のことが気にかかっていたのだが、そういうわけで田園調布の家に行く機会もなく、様子を見に行くこともできずにいるうちに、音楽仲間から創作ミュージカルの作曲の仕事が舞い込んできて、忙しくなってしまった。それはセミプロの劇団が上演するためのもので、ほとんど金にはならなかったが、新しい分野に挑戦するのは面白かったし、その劇団の女優とつきあいはじめるというおまけもついて、しばらくはそれにかかりきりになっているうちに、時間だけが流れていった。学生時代からつきあっているヴァイオリンの女の子とは結果的に二股をかけることになってしまい、そういう意味でも博雅の私生活はなかなか忙しかったのである。

そんな立場になってみて初めて博雅は、四人の女たちのあいだを精力的に行き来していた師のエネルギーにあらためて感嘆させられることになった。一体どのようにして時間と愛情のバランスを取っていたのか、一度ゆっくり訊いてみたいと思っていた矢先、懐かしい声から電話がかかってきた。

「うちの子供たちの音楽を見てやってくれないか」

蟬丸が由井家に引き取られてから半年ほど過ぎた頃だった。それまでは由井自身が逆髪にピアノの手ほどきをしていたのを知っているので博雅は一応辞退したのだが、

「うちは今、泥沼でね。おまえが来ると子供たちが喜ぶし、家の中が明るくなって女房も喜ぶ。それに音楽というものは、尊敬できない身内から教わるよりも、好きな他人から教わるほうがずっと伸びるものなんだ。いいな、頼んだぞ。子供たちのことを頼んだぞ」

と言われて、強引に引き受けさせられることになり、週に一度、博雅は定期的に由井家の子供たちと顔を合わせることになったのである。博雅にしてみれば、久しぶりに用事を言いつけられて天にも昇るような気持ちだった。この半年、彼も他の弟子たちと同様に遠ざけられていたから、由井とまだそのような形でつながっていられることが嬉しかったし、彼のために何かの役に立てるならどんなことでもするつもりだった。

ひさしぶりに会う蟬丸は、前より少し大人びているように見えた。音楽室で姉の逆髪と遊んでいるのを見て、どうか彼女が癇癪を爆発させないように、髪の毛が逆立っていないようにと願ったが、弟といるときの逆髪はリラックスして穏やかな表情を浮かべて

いるようだ。博雅が声をかけると、二人はパッと顔を輝かせて走ってきた。蟬丸が自分を覚えていてくれたことに、博雅はちょっとした感動を覚えた。

レッスンの内容については音楽に関することなら何でもいいと言われていたので、子供たちに任せることにした。

「このおうちにある楽器なら何でも使っていいってさ。何がいい？」

楽器庫に連れてゆくと、逆髪はすぐにギターを取った。ピアノのレッスンには飽き飽きしていたらしく、新しい玩具を与えられたように目が光っている。

「蟬丸くんは？」

蟬丸はずらりと並んだ楽器を前に、途方にくれているような表情を浮かべただけだ。

「この子は歌がいいんじゃないの」

と逆髪が助け舟を出すと、ほっとしたように博雅を見つめて頷いた。どうやら逆髪は急にあらわれた弟を邪険にすることなく、姉としての自覚に目覚めて、かわいそうな弟の面倒を見ることに決めたらしい。一見愛想のかけらもない素振りをしていても、彼女の言動を注意深く見ていると、それとなく弟を気遣っているのが博雅にはよくわかった。

蟬丸はこの家の中で強力な味方を見つけたようだと、博雅は自分のことのようにほっとした。

「じゃあ蟬丸くんはお歌にしよう。僕がピアノで伴奏をつけてあげる」

「うん、ありがとう」

「博雅も何か楽器を選びなよ。みんなで何か合奏しようよ」

「ああ、それはいい考えかもしれないね」

逆髪に提案されて（というよりは有無を言わさず命じられて）、博雅も楽器庫を眺めわたした。この家には涎の出そうなヴィオラ・ダ・ガンバがあることを、博雅は学生の頃から知っていた。大学のオケの仲間と古楽器を演奏するグループを結成していた博雅は、一度そのヴィオラ・ダ・ガンバを弾いてみたくてたまらなかったのだが、かなり値打ちのあるものだと聞いていたから遠慮して言い出せずにいると、逆髪が察して、

「これがいいの？　じゃあこれね」

と楽器を取って、有無を言わせず博雅に押し付けてしまった。

「駄目だよ、逆髪ちゃん。これはさすがにお父さんに怒られると思うな。僕は普通のヴァイオリンにするから」

「あの人、もう楽器なんか触らないから大丈夫だよ。博雅が持ってけばいいよ」

「いや、お父さんは週に一度はこの楽器たちを磨いてるはずだよ。自慢のコレクションだからね」

楽器集めは由井捨麿の有名な趣味のひとつだった。作曲をするときはたいていピアノを使っていたらしいが、ギターもチェロも玄人並みの腕前だったし、オーボエも得意だった。自分では弾かなくても、かたちや音の美しさに惹かれて次々と高価な名器や珍しい楽器を買い集めていったらしい。ここにはバグパイプも、バンドネオンも、三味線も

揃っていた。

「最近じゃ、それはお母さんの仕事だよ。あの人はもう、ここにもピアノ室にも入らないもん」

「えっ、ほんとに？　いつから？」

「蟬丸がこの家に来てからかな」

「お父さんはピアノにも触らないの？」

「うん、全然。あの人、きっともうすぐ死ぬよ」

「どうしてそう思うの？」

「外に出ないし、ごはんも食べないし、朝からお酒飲んでるし。それにお母さんといつも死ぬことばっかり話してるから」

　博雅はようやく背筋が寒くなるような恐怖を覚えた。女にあんな死に方をされたら、誰だって普通の精神状態ではいられないに違いない。特に由井ほど繊細な神経の持ち主ならば、大学を辞めてひきこもりになるのも無理からぬことだろうと博雅は思っていた。でも、まさか、これほどまでに追い詰められていたとは。あの人がピアノに触らなくなったら、これは本当にいよいよ危ないのではないか。唯一の命綱を、みずから手放してしまったのではないか？　博雅の胸は不安のために張り裂けそうだった。

「何にもありませんけど、お夕飯ご一緒にどうぞ」

　レッスンを終える頃、鏡子《きょうこ》夫人が博雅を夕食に誘いに来た。いつも完璧に化粧して隙のない身だしなみでいる夫人が、化粧っ気のないやつれた面差しをしているのを見て、博雅の不安はさらに増した。

「ありがとうございます。その前に先生と少しお話ししたいのですが、先生は今どちらに？」

「たぶんお庭で何か燃やしているはずよ。ついでに連れてきてくださる？」

由井捨麿は家屋のほうに背中を向けて、庭の隅で焚き火をしながら、火の中に紙束を放り投げていた。しばらく見ないあいだにその背中は驚くほど薄く小さくなっていて、髪の毛も半分以上が白いものに覆われていた。わずか半年のうちに十年も老け込んでしまったようだった。先生、と声をかけると由井は大儀そうに振り向いて、冬の曇天の日に射し込む淡い日光のような、あるかなきかの微笑を口元に浮かべた。

「よう博雅……子供たちのレッスンに来てくれたのか？」

「レッスンというより、一緒に遊ばせてもらっています」

「そうか、ご苦労さん。レッスンが終わったら飯を食っていってくれ。たぶん大したものは出ないと思うが」

「先生もご一緒にお願いします」

「俺はもう飯が喉を通らない。もっぱらこれが主食になってしまってね」

その左手にはウイスキーの瓶が握りしめられていた。だが博雅を戦慄させたのは彼が右手に持っているものだった。それは由井自身が若い頃に作曲した彼の代表作の楽譜だった。

「先生、一体何をなさっているんです？　さっきから一体何を燃やしているんですか？　それは先生の映画音楽全集じゃないですか！」

焚き火のまわりには他にも楽譜の束が積み上げられ、火の中にくべられるのを待っていた。製本された楽譜もあれば、手書きのスコアもあった。もしや未発表の作品が混じっているのではないかと思うと、博雅は我を忘れて手書きのスコアを拾いはじめた。

「おい、何してる」

「これは先生の……先生の大事な……」

「やめろ。みんなゴミくずだ。燃えるゴミの日に出すのも忍びないから、こうして自分で燃やしてる」

由井は構わずにどんどん楽譜を火にくべていった。博雅はバケツに水を汲んできて、焚き火の上にぶちまけた。勢いよく煙と煤《すす》が上がり、由井が博雅を静かに睨みつけた。殴られるだろうと思ったが、由井は博雅の髪と肩にかかった煤を黙って振り払ってくれただけだった。他の弟子たちのことは殴っても、博雅にはなぜか一度も手を上げたことのない人だった。そのとき博雅は自分が泣いていることに気づいたが、それが煙のせいなのか、悲しみのせいなのかはよくわからなかった。

「顔も洗ってこい。色男が台無しだぞ」

「お願いです、先生。死なないでください」

「なんでおまえに生きることを懇願されなきゃならん」

「僕にはその資格がありませんか？」

「何だと？」

「僕の存在は、あなたがこの地上にとどまるための、何らかのよすがにはなりませんか？　せめてほんの少しでも」

「うぬぼれるな」

由井は悲しげに博雅を見つめ、その頰にそっと手で触れて、一瞬の間を置いてから、撫でさすっていった。涙を拭ってくれるつもりだったのか、ただの愛撫だったのか、わからない。そんなやさしい仕草をされたのは初めてだったような気もするし、夢の中で何度も同じことをされたような気もした。彼が何か言おうとしたときには、由井はもう背中を向けて歩き出していた。

「みんなが待ってる。早く行け」

博雅が食堂に入っていくと、子供たちの顔つきがそれだけで明るくなるのが痛いほど伝わってきた。鏡子夫人が、

「博雅くんがいると、まるで電気がついたみたいに明るくなるわね」

と言って、ビールを注いでくれた。

「あ、僕、今日、車ですから」

と博雅が断ると、夫人はあからさまに落胆した表情を見せて、食い入るように博雅を見つめた。

「いいじゃないの、泊まっていけば。ね、前はみなさんと一緒によく客間に泊まっていったじゃないの。朝ごはんも一緒に食べてくださると、この子たちも喜ぶわ。ねえ、いいでしょう。お願いだから泊まっていって。ね？」

「そうだよ、博雅。泊まっていってよ。子供部屋で一緒に寝ようよ」

逆髪までが、縋るように博雅を見つめている。蟬丸もだ。ノーと言えば、全員から羽交い締めにされるか、泣き出されそうな雰囲気だった。この家はおかしい。目に見えない、息苦しい恐怖の糸が家中に張り巡らされているようだ、と博雅は思った。

「そうですね。じゃあお言葉に甘えて」

博雅がグラスを干すと、全員がほっとしたようにようやく箸をつけはじめた。だがその夜の食卓は、以前の由井家の食卓とはまったく趣の異なるものだった。料理上手で知られる鏡子夫人は、以前なら食べきれないほどのご馳走を用意して弟子たちにふるまってくれたものだった。本格的なフレンチのコースが出たこともあるほどで、そのへんの下手な店よりも格段においしいと評判だった。由井自身も冬になると、若い頃のパリ留学で覚えたジビエ料理をみずから拵《こしら》えて弟子たちに食べさせるのを楽しみにしていた。ワインも普通ではなかなか飲めない珍しいものが揃っていて、博雅はどれだけこの家でワインの味と銘柄を覚えたかしれない。

そんな食通の家だったのに、今夜並んでいるのは、どう見てもたった今パックから取り出して皿にあけただけのスーパーの惣菜としか思えないものばかりだった。ビールのグラスも以前ならしみひとつなくピカピカに磨かれていたのに、今日はしみがついている。よく見ると、家じゅうのそこかしこに埃が溜まり、窓ガラスは曇って汚れ、子供たちの服は垢じみていた。家全体が清潔さと体面を保つことを放棄して荒れるがままになっている。綺麗好きな鏡子夫人によって隅々まで磨き込まれ、塵ひとつ落ちていなかったかつての由井邸の面影はもはやない。一体この家に何が起こっているのだろう。

そこへこの家のあるじが赤い顔をして、ふらついた足取りで入ってきた。その途端、蝉丸の表情に怯えの色がひろがり、緊張にかたまっていくのが博雅には手に取るようによく見えた。逆髪もかたい顔つきになって、急に食べるスピードが速くなっていく。まるで父親とは一分たりとも同席したくないような素振りだった。鏡子夫人だけが、いそいそと彼のために新しいグラスと酒とつまみを用意し、アイスペールの氷塊をその場で砕いて水割りをつくりはじめる。

「なんだ、これは」

テーブルに並んだ料理を見て、由井は不機嫌きわまりない声を上げた。

「これが客をもてなす料理か。こんなもの博雅に出しやがって。ふざけるな！」

由井は鶏のからあげとポテトサラダの皿を床に叩きつけた。すみません、と表情を変えずに後片付けをする鏡子夫人の姿がかえって不気味なほどだった。

「なんでおまえが作らない！」

「あなたが食べてくださらないから、もうわたしは作る気がしなくて」

「俺が食べなくても、博雅と子供たちが食べるだろうが！」

由井はさらに、見るからに不味そうなキンピラをつかんで鏡子夫人の顔に向かって叩きつけた。蟬丸がぶるぶるふるえている。逆髪は見ないようにして懸命に食事をかきこんでいる。彼女の髪の毛が、少しずつ逆立っていくのがわかる。

「あなたが食べてくださらなければ、わたしはもう料理なんかしたくありません！」

「うるさい！　口答えするな！　さっさとまともなキンピラを作ってこい！　こんな黒ずんだ吐き気のする代物じゃなくて、つやつやと黄金色に輝く、ごま油の香りがする、白ゴマのふりかかった、まともなキンピラゴボウをな！」

「作ったら食べてくれるんですか」

「俺は食わん！　博雅のために作れと言ってる！」

「だったら作りません！」

由井が夫人を蹴り飛ばし、ビール瓶をつかんで振り上げたところを、博雅が背後から抱きつく格好で止めた。もうやめてください先生、僕ならおなかいっぱいですから、もう充分いただきましたから。かつてあんなに肉厚だったその背中はごっそりと筋肉と脂肪がそぎ落とされ、骨と皮だけになっていた。腕は小枝のようだった。胸板は木の葉のようだった。この男は本当にもうじき死ぬのかもしれない。その痩せた体に触れて初めて、博雅は実感としてそう思うことになった。

鏡子夫人は泣きじゃくっていた。逆髪と蝉丸はじっと二人を見つめていた。テーブルの下で逆髪の手が弟の手を握りしめ、もう一方の手がアイスピックを握りしめているのを博雅は見た。もし父親が自分たちに向かってきたら、それで身を守るつもりなのだろう。限度を超えて母親を殴ったら、それで父親を刺すつもりなのだろう。それはこの家ではとりたてて珍しいことではなく、日常茶飯事として繰り広げられている晩餐の風景に過ぎないのかもしれない。そう思わせられるほど、逆髪の目は冷静な熱を孕んで、慣れ親しんだ憎悪のために青白く輝いていた。

「わかったよ……痛いからもう放してくれ……かわいい奴め……いくら俺のことが好きだからって、そんなに強く抱きしめるな……俺の体はもうこんなに薄っぺらで頼りなくて、かわいい弟子を抱きしめ返してやることもできないんだぜ……」

博雅が力を緩めると、由井は崩れかかってテーブルに手をつき、体を支えた。

「先生、もうお休みになりましょう」

「いや、おまえと話がしたい。おまえは最近ミュージカルを書いているそうじゃないか。俺も若い頃にいくつか書いたことがある。アンドルー・ロイド＝ウェバーとクルト・ヴァイルについておまえに話しておきたい」

「明日でもいいではありませんか。僕は泊まっていきますから」

「俺はもういつ死ぬかわからん。俺の顔を見ろ。死神が取り憑いているだろう。今夜のうちにも礼子が迎えに来るかもしれん。だから生きているうちに話しておきたい」

「いいえ。あの人にあなたを渡しはしないわ。何度も何度も話し合ったでしょう？　あなたが死ぬときは私たちがご一緒します。私たちは家族なんですから、あなたを一人で逝かせるものですか」

夫人が噛んで含めるようにそう言うと、由井はぽろぽろ涙をこぼしはじめた。

「そうだったな、鏡子。おまえと子供たちを残していくのが俺には不憫でたまらないんだよ。俺の印税にはもうおまえたちを養っていくほどの価値はないからな。俺が死んだらきっとおまえたちは路頭に迷うだろう。それを思うと、俺は死んでも死に切れん」

死に取り憑かれた無限のループが、この家の中を支配している。これがこの家におけるありふれた家族の晩餐の会話なのだとしたら、子供たちの精神状態は限界まで追い詰められているに違いない。何とかしなくては、何とかしなくては、何とかしなくては、と博雅は心の中で叫び続けた。

「座ってくれ、博雅。取っておきのスコッチを開けよう。これをいつかおまえに飲ませたかった」

「つきあってあげて、博雅くん」

夫人が新しいつまみを並べながら涙声で言ったので、博雅は仕方なく席についた。

「あとできみたちの部屋に寝に行くよ。僕の布団を敷いておいて」

と逆髪に言うと、彼女の髪の毛はようやく元に戻っていった。

由井捨麿のミュージカル論は意識の混濁とともに支離滅裂になり、いつのまにかオペラの話になり、博雅はオペラを書け、イタリアへ行け、向こうで三年は勉強してこい、と繰り返した。ついには、ミラノの音楽院のジョヴァンニ教授に推薦状を送っておいた、だの、自分がかつて理事を務めていた財団に留学費用の援助を申請しておいた、だのと言い出し、これから死に向かっていこうとしているときでさえ弟子の心配を忘れない師の有り難味が身にしみて、博雅は心の中で手を合わせた。

やがて由井が喋り疲れて居眠りをはじめたので博雅は鏡子夫人に後を任せ、子供部屋に引き上げた。逆髪と蟬丸は三つ並べた布団の隣同士に潜り込んでいたが、まだ眠ってはいないらしい。ひそひそ声で話をしているのが聞こえてきた。内容はよく聞き取れなかったものの、ドアの前で博雅の耳が捉えた言葉は、およそ普通のきょうだいが夜中のおしゃべりに選びそうな話題とはかけ離れていた。殺す、とか、逃げる、とか、刺す、といった、十歳と五歳の口から出るとはとても思えない単語ばかりが切羽詰まった悲愴さをたたえて繰り出されていた。

「やあ。いったい何の相談してるの？」

博雅が声をかけると、二人はさっと離れて真ん中の布団を博雅のために空けてくれた。

「博雅はここに寝て」

「いいとも」

「パジャマに着替えないで、服のまま寝るの。あたしたちもそうしてるから」

「どうして？」

「そのほうがすぐに逃げられるでしょ」

「地震のときに？」

「ばか。あいつが殺しに来たときにだよ」

二人は本当に服のまま布団に入っていた。靴下まではいていた。枕元には小さなリュックが置いてあった。当座に必要な身の回りのものを詰めているのだろう、と博雅は胸の痛みとともに思った。事態はそれだけ深刻なのだ。もはや一刻の猶予もならないのかもしれない。

「あいつって……お父さんのこと？」

「このままだといつかきっと殺される」

「お母さんが止めてくれるさ」

「お母さんも、あの人と一緒にあたしたちを殺す」

「どうして？」

「お母さんはあの人のこと大好きだから」

「いいかい、逆髪ちゃん。普通、親はそんなことしない」

「あの人たち普通じゃないもん。さっき博雅も聞いたでしょ。みんなで一緒に死ぬつもりだって。あれ、マジなんだよ。あの人を慰めるために言ってるんじゃないんだよ」

「でも、本心では生きたいはずだよ。お父さんもお母さんも。音楽をやる人は、絶対にそんなひどいことしないよ。音楽って、人に愛を与える仕事だから。きみたちのお父さんほど愛情深い人は、ちょっといないよ」

「でもあの人はもう、音楽を捨てちゃったから」

「捨てたんじゃない。今はちょっと、見失ってるだけ。音楽の神様はとても気まぐれで残酷だから、いつもいつもそばにはいてくれないのさ」

「ううん、捨てたの。ていうか、あの人のほうが音楽に捨てられちゃったのかな。楽譜を燃やして、次はきっと楽器たちを壊すよ。あの人、売ってお金に換えようなんてこれっぽっちも考えないから。だからね、博雅の好きなヴィオラ・ダ・ガンバ、こっそり持ち出して埋めておいたからね。もしあたしたちがいなくなったら、柿の木の下を掘ってみて」

「えっ、木の下に埋めたの？　駄目だよ、そんなことしちゃ。湿気でガタガタになっちゃうよ」

言ってから博雅は、逆髪の好意を無にするような発言をしたことに気づいてすまないと思ったが、彼女のほうではそれどころじゃないという感じで、まったく気にも留めなかった。

「それで、とりあえずいくらあればいいと思う？　逃げるのに」

「逃げるって……どこへ逃げるつもりなの？」

「まだわかんない。父親があいう人だから、うちには頼れる親戚はいないし、学校の先生も助けてくれそうにない。蟬丸と二人で生きていくことはできないかな？」

　なんという強い子だろう。まだたったの十歳なのに、何も諦めずに、運命に流されまいとして、小さな弟を守ろうとして、必死で生き延びる道を探している。博雅は逆髪の生命力に感嘆しないではいられなかった。

「それは無理だよ。そうするにはきみたちはまだ小さすぎる。あと七、八年は保護者が必要だ」

「博雅がなってくれたらいいのに。あたしたちの保護者に。三人で暮らせたらいいのに」

　博雅はさすがに胸が詰まって泣きそうになった。だが泣くかわりにノートに自宅の住所と電話番号を書いてそれをちぎり、逆髪の手に握らせた。そして逆髪と蟬丸の手を取って、言った。

「いいかい、よく聞いて。もし万が一、きみたちの身に危険が及ぶようなことがあったら、すぐに逃げ出して僕のうちに来るんだ。電話をくれれば車で迎えに行く。いつでも、何時でもいい。夜中でも朝でもかまわない。もし僕が電話に出なかったら、警察へ行くんだ。駅前に交番があるだろう？　おまわりさんに事情を話してこの紙を見せれば、必ず僕のところに連れてきてくれる。でも僕はよほどのことがないかぎり電話に出るし、なるべく家を空けないようにする。外泊はしないようにして、きみたちからのＳＯＳに備えているからね。この紙はいつどんな時でも肌身離さず持っていること。ただ心細くて誰かと話したいときにもかけていいよ。泣きたくなったらいつでもかけていいよ。困ってどうしようもないときには、僕のことを思い出すんだ。いいね、わかった？」

二人は同時に力強く頷いた。

「さあ、もう寝よう。明日も元気に目覚めるために。明日もまた、大人に負けずに闘うために。たっぷり眠った子供には、眠れない大人はかなわないんだからな」

二人はようやく博雅の両隣で眠りについた。心の底から死にたがっている大人を止めることはできないが、それに巻き込まれようとしている子供を助けることはできる。錯乱し正気を失ってはいても、由井は自分にそのような役目を期待しているからこそ、なかば本能的に自分を子供たちの音楽教師に就けたのではないか、と博雅は思った。子供たちのことを頼んだぞ、という彼の言葉は、おそらくそういう意味なのだ。

先生、僕はあなたのメッセージを正しく受け取りました、と博雅はいつものように胸の内で彼に向かって語りかけた。それがあなたの望みなら、僕はどんなことをしても添わなくてはなりません。ねえ先生、あなたは僕を、あなたの愛する子供たちの避難所にしたかったんですね？ それは僕のあなたへの愛を見くびられたのか、それともそれ以上に見込まれたのか、どちらなのですか？ 教えてください、ねえ先生？

3

その後も毎週水曜日になると博雅は子供たちのレッスンのために由井家を訪れたが、邸内で由井の姿を見かけることはなくなった。鏡子夫人の話によれば、一日中書斎にこもって出てこないということだった。時折蟬丸を呼んでは、歌を歌ってくれとせがむほか、家族と口をきくこともなくなったという。蟬丸は父に乞われると喜んでいつでも歌を歌いに行くらしい。何曲でも、何時間でも、父が泣き疲れて眠ってしまうまで、歌い続けているのだという。その様子を聞いて博雅は、まるで死にゆく者のために懺悔を聞いてやっている神父の役目をわずか五歳の男の子が果たしているのだと思った。

「あの子の声はすべてを赦してくれる天の声のようだって、主人は言うの。もうどんな楽器が奏でる音にもあの人の神経は耐えられなくなってしまって、リズムやメロディーのあるものは一切受け付けなくなってしまっても、あの子の歌を聴くと子供のように泣き出すの。ねえ博雅くん、蟬丸の声は神の声なのかしら、それとも悪魔の声なのかしら？　あんまりきれいで、そらおそろしくなるみたい。ただのきれいじゃないの。身の毛もよだつ美しさなの」

そんな話をしたあとで夫人は、子供たちのレッスンをしばらくお休みにしてほしいと言った。とうとう来たか、と博雅は思った。

「でもせっかく来たんですから、今日はレッスンをやらせてください」

「二人ともいないの。これは今までの謝礼です。すこし多めに入れておいたので、これで勘弁してね」

渡された封筒の中を見るまでもなく、その厚みで、少しどころか多すぎる額のお金が入っていることがわかった。博雅の手のひらに冷たい汗が滲んできた。

「子供たちはどこへ行ったんですか？」

と訊く声がふるえてかすれている。夫人は何も言わなかった。

「お願いです。先生にひと目、会わせていただけませんか？」

「もうあの人の姿は誰にも見せられない。ごめんなさいね、あなたを幻滅させたくないのよ。博雅くんにはいつまでも、音楽家としての由井の姿を覚えていてほしい。そしていつか、彼のような作曲家になってほしいと、彼も私も願っているわ。由井捨磨に師事したことを、彼の一番の愛弟子だったことを、どうかこれからも誇りに思って生きていってね」

「せめて声だけでも……ドア越しに話をさせてください……お願いですから奥様……」

「これは主人からあなたへの形見の品です。逆髪が柿の木の下に埋めたのをすぐに私が見つけたの」

それはあのヴィオラ・ダ・ガンバだった。ケースにはまだ湿った土くれが少しこびりついていた。

「葬儀も追悼式も必要ないというのが、由井の希望です。長いあいだ、どうもありがとう」

夫人は博雅に向かって腰を折り、深々と頭を下げた。博雅は力ずくで師の書斎へ入ろうとしたが、

「お願い、どうか。私たちをそっとしておいて」

と夫人が両手を合わせて拝む格好で懇願したので、それ以上何をすることも言うこともできなかった。屋敷全体に濃い霧のように死の気配がたちこめ、気流となって渦巻き、それに押し流されるようにして博雅は屋敷の外に弾き出された。バタン、と重厚な樫の木のドアが閉められると、わずか扉一枚隔てたこちら側には夕暮れの光や樹木の匂いや風のそよぎといった生命のぬくもりが圧倒的に満ち満ちているのを博雅は感じないわけにはいかなかった。それはつまり、扉の向こう側の世界がそれだけはっきりと生命の輝きから隔絶されていることを意味していた。

博雅はしばらくのあいだ、茫然と玄関扉の前に立ち尽くしていた。やがてケースからヴィオラ・ダ・ガンバを取り出すと、庭先に埃をかぶったまま放置されていたビールケースに腰を掛け、両脚のあいだに楽器をはさんで姿勢を正し、師への別れの曲を弾きはじめた。それは由井捨麿が二十五歳のときに作曲し、博雅が中学生だったとき音楽の教科書に載っていた抒情歌だった。シンプルな音符の組み合わせがこれほど至純で親しみやすいメロディーを生み出せるのかと、博雅が初めて作曲というものに目を開かれるき

っかけとなった曲だった。最愛の人のつくった、最愛の曲だった。彼に届いているかどうかはわからない。工事の音や廃品回収業者の垂れ流すアナウンスに耐えられなかったひとだから、書斎にも防音設備が施されているかもしれない。それでも博雅には、彼が書斎の窓のカーテンの向こう側から自分の姿を見つめているに違いないと確信することができた。二番まで心をこめて弾き終えると、博雅は楽器をしまい、窓辺を見上げてしばらく佇み、踵《きびす》を返して家の門から出て行った。

由井捨麿が一家心中事件を起こしたのは、それからわずか三日後のことだった。

これは博雅があとから逆髪に聞いた話である。

その日は久しぶりに鏡子夫人が朝からご馳走を作っていた。それだけでいやな予感がしたのだが、それまで音楽室に軟禁され、まともに食事も与えられていなかったので、ご馳走の魅力に抗し切れなかったと逆髪は言った。海老のポタージュスープ、野菜のコンソメゼリー寄せ、いさきのカルパッチョ、ローストビーフのマッシュドポテト添え、デザートのかぼちゃのプディングまですべて手作りだった。どうやら最初のスープに睡眠薬が入れられていたらしい。食べ終えるや否や、子供たちはその場で眠り込んでしまった。

次に気がついたときは真夜中で、夫婦の寝室に寝かされていた。たちこめる煙と、髪の毛の焦げる匂いで息苦しさに目が覚めた。すでに部屋中が火につつまれていた。父が家に火をつけたのだ、と思った。隣に寝かされている弟は目を開けて、すべてを覚悟した面持ちで天井を見上げていた。その脇で、父と母が今まさに首を吊ろうとしているのが見えた。体が痺れてうまく身動きができないほどだったが、逆髪は力を振り絞って起き上がり、弟を揺り動かして、叫んだ。

「起きて。逃げるんだよ、蟬丸！」

弟は弱々しく首を振ったが、逆髪はその手をつかんで、ベッドから飛び降りた。そして父と母に向かって、

「おまえら勝手に死ね。子供を巻き込むな！」

と叫ぶと、弟を引きずるようにして、炎につつまれた寝室から逃げ出したという。父も母も何も言わなかった。ロープをつかんだまま立ち尽くして、黙って二人を見送った。寝室以外にはまだ火はまわっていなかったが、廊下にはすでに灯油がまかれていて、素足で駆けると油で滑って何度も転んだ。二人で油まみれになりながら命からがら玄関の外へ飛び出すと、家の中で小さな爆発音が上がり、火の手の勢いが激しくなった。逆髪は隣家の扉を叩き、インターホンに向かって、たすけてください、たすけてください、と何度も叫んだ。隣のおばあさんが扉を開けると、その胸に向かって倒れこみ、そのまま気を失ったという。

だから逆髪は、自分の生まれ育った家が燃え尽き、焼け落ちるのを見ないですんだ。父と母の黒焦げの遺体が担架で運び出されるのも見ないですんだ。二台のグランドピア

ノとアップライトピアノ、チェロやギター、その他たくさんの楽器たちが末期の声をあげて死にゆくのも見ないですんだ。

でも意識を失わずにいた蟬丸は、多くの野次馬や消防隊員たちでごった返す騒乱の現場からそのすべてを見届けることになった。警察官が灯油臭いパジャマを着て髪の毛の焼け焦げた裸足の五歳児を保護したとき、彼はやはり小さな声で歌を歌っていたという。涙も流さず、自分に降りかかった運命を呪いもせず嘆きもせずに、淡々とすべてを受け容れるかのような大人びた顔つきで、賛美歌を歌っていたという。

その日の朝、何気なくつけたテレビのワイドショーで、博雅はその事件のことを知った。詳しい経緯を知る間もなく、衝撃をからだに受け止める暇もないまま、すぐに兄弟子から電話がかかってきて、代官山の事務所に緊急招集がかけられた。博雅の思考はそこでストップした。逆髪はなぜ電話をかけてくれなかったんだ、とすぐに思ったが、三日前に訪ねたときから電話のかけられない場所に閉じ込められていたのだろう、と推測できた。由井の死を悲しむより、子供たちが助かったことのほうに安堵した。悲しみはたぶん、いろいろなことが片付いたあとからやってくるのだろう。

その日の朝、由井から最も古株の弟子に遺書が宅配便で配達されていて、今後のことが指示されていた。曰く、葬儀と追悼式は不要であること、事務所はこのまま閉じてほしいこと、由井捨麿の音楽著作権は義弟に継承させること、その法的な手続きはすでに済ませてあること、などである。子供たちのことについて何も書かれていなかったのは、一緒に連れてゆくつもりだったからだろう。著作権継承者を逆髪にしなかったのも、同じ理由からなのだろう。

由井は一人っ子だったので、継承者を鏡子夫人の弟にせざるをえなかった。著作権継承者にされてしまった以上、生き残ってしまった子供たちも引き受けなければならなくなった弟夫婦は、逆髪のことはやむをえないとしても、血のつながりのない蟬丸のことは引き取るのを拒否した。弁護士が蟬丸の母・礼子さんの身内を探したところ、妹が一人いることがわかったが、癌で余命いくばくもない闘病生活を送っていることが判明した。蟬丸は行くあてを失い、結局、横浜のカトリック教会が運営する児童福祉施設に送られることになった。

子供たちはかなりの火傷を負っていたため、事件後しばらくは病院に入院して治療を受けており、博雅が付き添うことになった。二人は同じ病室で、体じゅう包帯でぐるぐる巻きにされて横になっていた。

「ごめんよ……守ってあげられなくて……ごめんよ……」

博雅の口をついて最初に出たのは、そんな謝罪の言葉だった。

「ううん、電話できなかったから」

「生きててくれて、本当によかった。ありがとう。生きててくれて、ありがとう」

二人には精神科の医師による心のケアもつけられた。だがそれよりも二人にとっては、博雅が毎日献身的に付き添ってくれていることのほうが大きな励みになっているようだと、医師にも看護師たちにもわかっていた。事情を知らない人が見たら、博雅のことを年の離れた実兄か、若い父親かと思ったかもしれない。子供たちが一家心中の最中に意識を取り戻し、自力で逃げ出したというニュースはワイドショーで格好のネタにされ、連日マスコミの連中が病院のまわりをうろうろしていたので、博雅や医師たちはその対策にも気を遣わなくてはならなかった。

二人の状態が安定してきて、今後の身の振り方が決まると、博雅が彼らにそれを伝える役目をあてがわれた。

「逆髪ちゃんは川越の叔父さんのところで暮らすんだ。同い年のいとこがいるから、安心だろう？」

「あの人たち、大っ嫌い。そんなところに行きたくない。博雅のところで暮らすことはできないの？　蟬丸と、三人で」

「それはできないんだ。僕たちは他人同士だからね。親戚の人たちがきっとよくしてくれるよ」

「蟬丸は？　一緒に暮らせるの？」

「蟬丸くんは、横浜へ行くことになった。教会の施設で他の子供たちと一緒に暮らすんだよ」

「あたしたち、離れ離れになるの？」

「仕方がないんだ。叔父さんのところは二人は無理だそうだから」

「じゃあ、あたしもその施設に行く。弟とは離れたくない」

「きみは叔父さんのところに行かなくちゃいけない。わかってくれないか」

「そんなのいやだ。絶対にいやだ。博雅のばか。博雅のばか。博雅のばか！」

「ぼくは、いいよ」

　博雅が泣きそうな顔になっているのを見て、それまで黙って聞いていた蝉丸が、ぽつんと言った。それを聞いて逆髪が嚙み付いた。

「何がいいの。孤児院に入れられちゃうんだよ？　他の子たちにいじめられても、もうあたしは助けてあげられないんだよ？　なんであんたはいつもそうなの？　あの時だって、あたしより先に目を覚ましてたのに、あきらめてじっと死ぬのを待ってた。あたしがもう少し目を覚ますのが遅かったら、今頃あたしたちは天国にいるんだよ！」

「そしたらお母さんに会えたのに」

「ばか！　あんたのお母さんはあんたを捨てたんだよ？　なんでそれがわかんないの？」

「もうやめなさい」

　二人とも火傷のために坊主頭になっていたが、もし髪の毛があったら、逆髪の毛は今頃逆立っていたことだろう。博雅は二人の肩を同時に抱きしめて、言った。

「早く大人になるんだ。大人になりさえすれば、こんな理不尽な思いをすることもない。

大人の勝手な都合に振り回されて、きみたちが離れ離れになることもない。大人になったら、また一緒に暮らせるさ。あと十年だ。あと十年我慢するんだ」

「十年も？　長いよ。長すぎるよ」

「意外と早いよ。あっという間さ」

「十年たったら、博雅はいくつ？」

「三十四歳。立派なおじさんだな」

「時々は会える？」

「会いに行くよ。約束する」

「あたしも蝉丸に会いに行く」

「毎月、最初の日曜日に、一緒に面会に行こう。何があってもその日だけは、三人で一日一緒に過ごすんだ。これまでみたいに、三人で音楽をやろう。蝉丸くんの歌と、逆髪ちゃんのギターと、僕のヴィオラ・ダ・ガンバで。いいかい、僕たちはトリオだ。音楽で結ばれたアミーゴだ。誰かひとり欠けても、音楽がつくれない。だからトリオの絆は永遠なんだ。わかるね？」

「わかった。それなら、川越に行ってもいいよ。毎月だからね。約束だからね、博雅」

「聞き分けてくれて、ありがとう」

事件から三ヵ月後、二人は退院し、川越と横浜とにそれぞれ別れていった。

ちょうどその頃、ミラノの音楽院から留学受け入れの書類が博雅の元に届いた。ジョヴァンニ教授からの直筆の手紙も添えられており、このたびの由井氏のことは非常に残念だ、彼の遺志を尊重し、我々はきみを喜んでミラノに迎えたい、きみも早く悲しみを乗り越えて、新学期に間に合うように渡欧されたし、と書かれてあった。時期を同じくして日本で三本の指に入る文化財団から、イタリア留学費用の補助金を三年間にわたって援助するという文書が届いた。何もかも、由井が死出の旅に旅立つ前に、愛する弟子へのはなむけとして準備してくれていたことだった。あのとき、ほとんど酔い潰れながら、博雅はオペラを書け、イタリアへ行け、向こうで三年は勉強してこい、と繰り返していた言葉は、酔っ払いのたわ言ではなかったのだ。

それを知ったとき、博雅は師を亡くしてから初めて号泣した。胸が張り裂けるのではないかと思うほど泣いて、あの人がどれほど自分を愛してくれたか、自分がどれほどあの人を愛していたかを思い知った。だが博雅は、亡き人が自分の夢をかなえるためにずっと背中を押してくれたにもかかわらず、その二つの書類を身を切るような思いでゴミ箱に捨てた。今ここで、三年も日本を離れるわけにはいかないからだった。逆髪と蝉丸との約束を破るわけにはいかないからだった。最愛の人の遺児を自分が守っていくと、その人の墓の前で誓ったからだった。

博雅がイタリア留学を棒に振ったと聞いて、ヴァイオリンの彼女は自分のことのように本気で怒り、激しく彼を罵った。

「イタリアで勉強することをあんなに夢見ていたのに、一体どういうつもりなの？　先生がせっかく段取りしてくださったのに、それをドブに捨てるようなことして、あなたバチが当たるわよ！　先生が亡くなって、頭どうかしちゃったんじゃないの？　絶対に考え直すべきだわ。こんなチャンス、二度とないのに。一生、後悔することになるわよ！」

「行けば一生後悔することになるかもしれない。蝉丸はまだ五歳だよ。それなのにものすごい体験を二回もしてしまったんだ。とてもほっとけないよ。僕は先生からあの子たちのことを頼まれたんだから」

「自分の人生と、あの子たちと、一体どっちが大事なのよ！」

「イタリアへはまたいつか行けることもあるさ。でも五歳から八歳までの子供時代は二度とない。人間の基本的人格はほぼその年齢のうちに作られてしまう。誰かがそばにいてやらなくちゃ、あの子はおそろしい冷血漢になってしまうかもしれない」

「あなたが作曲家としてやっていくのと、あの子たちの面倒を見るのと、先生が本当にお望みなのは一体どっちだと思うの？」

「それなら考えるまでもない。あの子たちのそばにいることだろう」

彼女は深い溜め息をついて、彼を見つめた。

「ねえヒロ、一度きこうと思っていたんだけれど……これをきくのはとっても勇気のいることだけど……あなたと由井先生って、一体どういう関係だったの？」

「それ、どういう意味？」

「みんなが言うように、普通の師弟関係だとはとても思えない。だってそうじゃない？　師弟関係ならここで何よりも優先されるべきはあなたが一人前の作曲家になることでしょう。ただの弟子の分際で子供たちの面倒を見るなんて、おこがましいと思わない？　それともあなたはやっぱり先生と……弟子以上の関係だったの？」

「きみまでそんなことを言うのか。僕が先生と寝ていたと思っているのか？」

「由井先生はバイセクシュアルで有名な方だもの。二丁目で少年を買っていたとか、パリに長年の男の恋人がいるとか、そんな噂は誰だって知ってる。あなただけを特別扱いしていたこともね。先生には確かに独特の色気があったし、先生に熱を上げている学生は男女を問わずいっぱいいたわ」

「やめろ。先生を侮辱するとただじゃおかないぞ」

「わたし、あなたとつきあってもう五年になるけど、そのあいだずっと、いつも由井先生の下に置かれてる感じがしてた。体ではつながっているのに、心では先生にかなわないのかなって……だから先生がお亡くなりになったとき、ヒロが後を追うんじゃないかと心配で心配でたまらなかった」

「慶子、僕は先生とは一度も寝ていない。きみだけは信じて欲しい」

「完全にプラトニックだったの？」

「恋愛感情じゃない。純粋な思慕、敬愛、憧れだよ。それに僕には男と寝る趣味はないし、寝てみたいとも思わない。寝るなら女性のほうがいい。僕はたぶん、先生と違って、凡庸な異性愛者なんだ。だからきっと、生涯、先生を超えられないんだろうな」

その言葉は嘘ではなかった。自分は完全な異性愛者であり、由井への想いは性欲からはまったく切り離された、特別で神聖なものであると博雅は思っていた。それはいかなる女も立ち入ることのできない聖域なのだ。由井のほうでもまた、自分のためだけにそのような聖域を心の奥に用意してくれていたに違いないと博雅は信じていた。

このようなつながりも愛のかたちのひとつであることを、博雅はまだうまく理解できないでいるだけだった。世界にはあまりにも多くの様々な愛のかたちがあり、色調があり、音色があって、だからこそこの世界が豊かに保たれもし、あるいはテロや戦争によって引き裂かれもするのだということを、博雅はまだ何も知らずにいた。彼が持っているのは痛々しいまでの若さだけだった。そしてそれを失うのとひきかえでなければ、真実の愛を得る資格を与えられることはないのだと、後になって彼はようやく知ることになるのだった。

4

沖縄のあと、長崎のライブをまずまずの入りでつつがなく終えると、ツアーの一行は九州での本丸である福岡・博多に乗り込んだ。会場はこれまでと比べものにならないほど大きく、ここでの成功がツアー前半の成功の鍵を握る試金石になると、奥寺はかなり意気込んでいた。

　だがそれにもかかわらず、チケットは五割程度しかはけていなかった。焦った奥寺はまたもや独断で地元のケーブルテレビのインタビューを取ってきてしまった。ライブ当日のお昼に放送される情報番組のなかで、バンドの過去のライブの様子を紹介し、蟬丸と逆髪の二人にみじかいインタビューをするというものだった。生放送ではなく、前日の夜に収録するからというので、博雅も断ることができなくなってしまった。

　博雅と奥寺が付き添ってスタジオに入ると、ろくに打ち合わせをする時間もなく、すぐに収録がはじまった。

「今日は蟬丸バンドのお二人にスタジオにお越しいただきました。まずはこの音楽からお聴きください」

　と司会者が言うと、いきなり由井捨麿の抒情歌が流れてきたのには博雅も、蟬丸も、逆髪も驚いた。なんだこれは、と博雅が奥寺を睨みつけると、奥寺は目で制してそ知らぬ顔を決め込んでいる。

「はい、みなさん、この曲、懐かしいですね。音楽の授業で習ったという方も多いと思います。実はこれ、このお二人のお父様でいらっしゃいます由井捨麿氏の作曲した曲なんですね。ええ、お姉さんの逆髪さん、今これをお聴きになって、いかがですか？」

　司会者にきかれて、逆髪は困惑と怒りの表情を浮かべた。さすがに長ずるにつれて逆髪もいくらかは感情のコントロールができるようになり、髪の毛が逆立つことはめったになくなったが、それでも嫌なことは嫌だとはっきり言い、怒るときは場所と相手を選ばない直情型であることに変わりはない。博雅は彼女が今にも席を立ってしまうのではないかとはらはらしたが、

「やはり多少、古めかしいですね」

と、無難な答えを返したのでほっとした。

「蟬丸さんはいかがですか？」

「ぼくは好きですよ、この曲。父のいいところがよく出ていると思います」

奥寺は嬉しそうに博雅に向かってウインクを投げてきた。ほら、ちゃんとやれるじゃないか、と言いたそうだ。

「お父様は残念ながら十四年前にお亡くなりになられましたが、お二人はさぞや、この日本を代表する作曲家から英才教育を受けられたのではないかと思います。そのあたりの思い出を、逆髪さんから語っていただけますか？」

逆髪はカメラの奥で収録を見守っている博雅に一瞬、どうしたものかという視線を送った。博雅は思わず前に進み出て、司会者に向かって、

「ちょっとこれは一体どういう趣旨の番組ですか。父上の話より、二人のライブについてきいてくださいよ」

と食ってかかった。すぐに奥寺が間に入り、

「まあまあ宮本さん、落ち着きなさいよ。父上の話はただのつかみだから。そのほうが

視聴者には入りやすいからね」

　と取り成した。

「あとで編集するから、逆髪さん、そのまましゃべってください」

　とディレクターの声が聞こえた。

「英才教育なんて受けた覚えはないですね。多少ピアノは習いましたけど、徹底したスパルタの日もあれば、遊んでいるような日もあって、その日の気分によって全然違いましたからね。少なくとも父は子供にピアノを教える才能はなかったです」

「そうですか。蟬丸さんはいかがですか？」

「ぼくはまだ小さかったので、何かを教えてもらうどころか、父の記憶そのものがほとんどないんです。でも父親がわりの人がいて、その人がぼくたちに音楽を教えてくれたので、今こうして歌を歌っていられるんだと思います」

　蟬丸はそう言って、カメラの奥の博雅をじっと見つめた。博雅はそれだけで体じゅうの血が熱くなるような気がした。

「そうですか。まあ、親はなくとも子は育つ、というところでしょうか。でもお父様はお二人にこんなすばらしい音楽の遺伝子を残されました。蟬丸バンドはお姉さんの逆髪さんが作詞作曲とギターを担当し、弟の蟬丸さんがヴォーカルを担当している、今注目のバンドです。でも普通のバンドとは大きく違う点があるんです。それは蟬丸さんの声に秘密があるんですね。まずはこのライブの映像をご覧ください」

VTRが流れると、博雅は奥寺を廊下に連れ出し、不快感をあらわにした態度で文句を言い始めた。

「どういうつもりですか。父親の話はタブーにしてくれと言ったはずですよ。あの事件のこと、あなたもご存知でしょう」

「だが、たいていの世間は忘れてる」

「世間は忘れても、当事者たちは忘れていません」

「あんたは何もわかっちゃいないな。この業界は苛酷な競争社会なんだよ。使えるものは何でも使わなきゃ。由井捨麿の業績だって今じゃほとんど虫の息に等しいが、幸いにも捨麿さんが教科書に載った曲を作っておいてくれたおかげで、かろうじて人々の記憶に残っているってもんだ。それを宣伝材料にしないでどうする？」

「まさかあなたは、いちいちインタビューのたびにあの子たちに父親の話をさせるつもりなんですか？」

「もちろんそうしてもらうことになる。偉大な父親の忘れ形見という点を強調することで、あの二人への関心が集まり、同情が集まれば、それだけCDが売れるってことだ。宣伝戦略とはそういうものだよ」

「同情ですって？　まさかあの事件のことを掘り返して宣伝に使うつもりじゃないでしょうね？」

「俺がやらなくても、どこかの週刊誌がそのうち気づいて記事にするさ。当時あれだけ騒がれたんだからな。一家心中の生き残りの幼いきょうだいが立派に成長してバンドを結成した。奇しくも二人は父と同じ音楽の道に進むことを選んだ。これほど日本人好みのドラマチックな物語を使わない手はないだろうが」

博雅は思わず奥寺を殴りつけたい衝動に駆られたが、すんでのところで拳を握りしめて衝動を抑えつけた。

「あなたがそこまで品のない方だとは思いませんでした」

「うちの会社はこれでもお上品なほうだよ。だからいつまでも大手に対抗できない中堅なんだよね。社長もあんたと同じでボンボンだからな。この俺がジュピターミュージックの幹部どもに意識革命を起こしてるところだよ」

「演歌の世界ならともかく、そういう泥臭いやり方はこのバンドの音楽性にそぐわないと思いませんか？」

「わかってないねえ。日本のショウビジネスの体質はどこまでも泥臭いの。日本人のメンタリティそのものが泥臭くできてるの。どこまでも演歌でヤクザでお涙頂戴で情念がどろどろと渦巻いてるんだよ。この国でメジャーになるって、つまりそういうことなのよ」

「どうもあなたとは、根本的に考え方や価値観が違うようです」

「売れるバンドにしたかったら、早く手を放して、どこかのプロダクションに預けたほうがいい。あるいはジュピターミュージックの専属になってくれるなら、うちが完璧に面倒見させてもらうよ。彼らのためにもそのほうがいいと思うがね。よく考えてくれないか。あんたはいいアレンジャーだが、プロデューサーとしちゃ素人だ。バンドを売るのはプロに任せて、アレンジだけに専念してりゃいいんだよ」

博雅たちがスタジオに戻ると、ちょうどライブのVTRが終わったところだった。

「はい、みなさん、どうですか、すごいでしょう？　吹き替えなんかじゃないんですよ。この蝉丸さんのように男性が女性のアルトで歌うのをカウンターテナーというんですねえ。蝉丸さんは子供の頃からこういう声をなさっていたんですか？」

「ぼくは子供の頃は普通のボーイソプラノだったんですけど、ほとんど声変わりしなかったんですね。それで、ぼくの音楽の先生というか、さっきもお話しした父親がわりの人が、カウンターテナーで歌うことをすすめてくれたんです」

「カウンターテナーの方はファルセットで歌われているということですよね？」

「ええ、でもぼくの場合は意識してファルセットにしてるんじゃなくて、ごく自然に高音部が出るんです」

「それは生まれつきなんですか？　それともかなり訓練されてそういう声を獲得されたんでしょうか？」

「もちろん楽器のように調整して、練習して、歌うための声を作り上げます。毎日の専門的なヴォイス・トレーニングも欠かせません」

「なるほど。通常ではクラシックの世界、それも教会音楽やバロックオペラといった限られたジャンルでしか活躍の場がないと言われているカウンターテナーですが、蟬丸バンドはジャンルを超えた新しい音楽をめざしています。その注目のライブは今夜七時から。まだチケットには余裕があるということですので、ぜひみなさんも蟬丸さんのこの素敵な歌声を聴きに行かれてはいかがでしょうか。以上、本日のおすすめエンタテイメントコーナーでした」

収録を終え、博雅たちが引き上げようとすると、奥寺が蟬丸を呼び止めた。

「蟬丸くんにぜひ紹介したい人がいるんだよ。浜崎さんという福岡の興行会社の社長さんでね、劇場やラジオ局も持ってる地元の有力者だよ。会っておいて絶対損はないから、ちょっと飲みに行こうや」

「今夜は慣れないインタビューで疲れてると思いますし、明日もライブなんで、またにしてもらえませんか」

博雅が断ると、顔色を変えた奥寺を見て、

「ぼくなら大丈夫。ご挨拶だけすればいいんでしょ？　ちょっと行ってくるよ」

と蟬丸が言った。

「さすが蟬丸くんは話がわかるね。誰かさんと違って苦労してるんだなあ。浜崎社長は蟬丸くんみたいな才能のあるきれいな男の子が大好きなんだ。きっときみがご挨拶したら、明日のチケットもCDもまとめて買ってくださると思うよ」

「蟬丸をそういうふうに使うのはやめてください」

「芸能人は愛されてなんぼの商売だ。ファンの裾野を広げていくのも大事なお仕事のひとつなんだよ」

「蝉丸は芸能人ではありません。アーティストです」

「そうやってお高くとまってりゃ、黙っててもCDが売れるのか？」

「ぼくならいいから。行ってくるから。心配しないで」

博雅は打ちひしがれるような思いで、蝉丸と奥寺を見送った。ぼくはいいよ。ぼくならいいよ。子供の頃から変わらない、蝉丸の口癖。自分の身に降りかかることをすべて淡々と受け容れ、まわりの顔色を読んでしまうやさしさ。その口癖を聞くたび、じれったいというより、悲しくなる。

蝉丸がホテルに戻ってきたのは深夜の二時過ぎだった。博雅は眠れぬままロビーで帰りを待っていた。浜崎という人物の性的嗜好に関する悪い噂を耳にしたことがあったので、博雅はいてもたってもいられなかった。どんなに疲れていてもそれをめったに顔に出さない蝉丸が、無防備に疲労を滲ませた横顔で歩いてくるのを見て、博雅は思わず立ち上がり、深呼吸をしなければならなかった。

「おかえり。疲れただろう？」

「あ、博雅さん……待っててくれたの？」

「奥寺さんは一緒じゃないの？」

「もう一軒行くって。ぼくひとりで帰ってきた」

「浜崎社長はどうだった？」

「うん、いい人だったよ。ぼくの歌をとても気に入ってくれたよ」

「まさか……酒の席で歌わせられたのか？」

「シューベルトのアヴェ・マリアを一曲だけだよ。浜崎さん、涙ぐんで聴いてくれた」

「そんなことしなくていい。そんなことするな。セミはアーティストだ。ステージで歌うのが仕事だ」

「ごめんなさい。でも、断れなくて」

「他には何かされたか？」

「何かって？」

「つまり、セミがいやがるようなことを」

「べつに。お酒も無理強いしなかったし。とてもやさしい人だった」

蟬丸は立ったまま、ジーンズのポケットに両手を突っ込んだまま、博雅の肩に頭を寄せて、額をこすりつけた。か細い木が風に吹かれて倒れそうになっているのをかろうじて支えているような仕草だった。そんなことをされると、博雅は心臓を鷲摑みされたような甘い痛みを覚えずにはいられない。

「どうした？」

「ちょっとね、疲れちゃった」

「ごめんな。やっぱり行かせなきゃよかった。眠いんだろう？　早く部屋に行って……」

「少しだけ、こうしてて」

「いいよ。座ろうか」

「いいの。このままで」

博雅は蝉丸の形のよい小さい頭にそっと触れ、撫でるでもなく、押し付けるでもなく、その重みを手のひらで支えていた。蝉丸がこんなふうに甘えかかってくることはほとんどなかったが、ごくたまに、こんなふうに、子供がするようなやり方で博雅の胸の中にするりと入り込んでくることがある。飛び疲れた鳥がふと羽根を休めに来るかのように。

「頼むから……いやなことはしないでくれよな。バンドのために、何も我慢しないでくれよな」

「うん、しないよ」

「そんなことしてまで、売れる必要はないんだからな。奥寺さんに今度何か言われたら、俺に言うんだよ。いいね？」

「でも、ぼくたちはプロになったんだよ。昔の……あの無邪気なトリオの頃とは違うでしょう？」

「同じだと俺は思ってるよ。蝉丸バンドは蝉丸トリオの延長だと思ってる。どちらもセミの歌のために作ったんだ。セミが楽しんで歌えなくなったら、こんなバンドやってる意味ない。だから無理するな。わかるね？」

「わかった。おやすみ」

小鳥はふっと頭をはずして、飛び立っていった。博雅の胸元から、危険がいっぱいの空へと。ぬくもりはいつでも、いなくなったあとで気づかされる。押し付けられた頭の重みで自分がどんなに暖められていたか、あとになってから気づくのだ。

＊　＊　＊

幼い蝉丸と逆髪が横浜と川越に離れ離れになると、博雅は約束通り、毎月第一日曜日に車で逆髪を迎えに行き、蝉丸の施設へ面会に出かけた。

逆髪は叔父の家にまったく馴染まないようで、毎月この日を心待ちにし、帰るときは車が川越に近づくにつれてどんどん不機嫌になり、髪の毛が逆立っていくのだった。蝉丸にとって幸いだったのは、施設の敷地内にある教会の聖歌隊で歌うことができたことだった。何にせよ歌ってさえいられたら、彼は幸せを感じるようだった。それでも面会日のたびごとに三人で音楽を奏でる喜びは、格別のものだったに違いない。天気のよい日は庭のくすのきの下で、雨の日は礼拝堂の片隅で合奏していると、どこからともなくシスターや他の子供たちが集まってきて、うっとりと聞き惚れていたりする。いつしか三人は蝉丸トリオと呼ばれるようになった。

この習慣は二年間、一度も欠かさず続けられたが、逆髪が中学生になると時々欠席するようになった。そんなときは博雅はひとりで蝉丸に会いに行った。何があろうとこの日だけは絶対に他の用事を入れない博雅に、つきあっている女からはたびたび非難の声が上がった。

「この日しかチケット取れないんだから、何とかずらせない？　一回くらい面会日が翌週になったって、蝉丸くんも文句言わないわよ」

「駄目だよ。子供はその日に僕が来るって楽しみにしてるんだから。大人の勝手な都合でがっかりさせるわけにはいかないよ」

「じゃあ、私をがっかりさせるのは平気なわけ？　ずっと前から楽しみにしてたコンサートなのに」

「きみは大人だから聞き分けられるだろ。子供にはそんな理屈は通用しないんだ」

「何よ！　ヒロはあの子のことになるとメロメロになるのね。まるでデートに出かけるみたいに嬉しそうに出かけていくのよね。私より蝉丸くんのほうがそんなに大事なの？」

「子供の情緒の安定のためには、むやみに予定を変えないことが望ましいんだ。蝉丸は今、とても大事な時期なんだよ。僕しか面会に行く人間がいないんだから、予定は変えられない」

「じゃあチケットを三枚取って、蝉丸くんも一緒にコンサートに連れて行けばいいじゃない。そんなに音楽の好きな子なら、きっと静かに聴いてるわよ」

「それも駄目だ。彼には僕と二人で親密に過ごす時間が大切なんだ。きみがいたら蝉丸が緊張する。ものすごく繊細な子なんだよ」

すべてがこんな調子だった。蝉丸が小学校に入学すると、博雅は入学式や運動会や父兄参観などの行事にもなるべく逆髪と一緒に顔を出すようにこころがけた。

だが多感な思春期を迎えた逆髪には明らかな変化が起こっていた。中学二年になったあたりから不良グループとつきあいはじめるようになり、髪の毛を染め、盛り場をうろつき、学校にもあまり行かなくなって、逆髪本人にもとうとう「不良」のレッテルが貼られるようになったのである。

万引きをして補導され、警察から博雅のところに電話がかかってきたことがあった。池袋のCDショップで洋楽のCDを八枚盗んだということだった。保護者の名前をきかれて叔父夫婦ではなく、自分の名前を挙げた逆髪の気持ちは痛いほどわかったから、博雅は親戚になりすまして彼女の身柄を引き取りに行った。

逆髪は博雅を見ると一瞬懐かしそうな表情を浮かべたが、すぐに目をそむけて怒ったような顔をした。机の上には彼女が盗もうとした商品が置かれていた。博雅は関係者への挨拶もそこそこにそれらのCDを手に取ってまじまじと眺めた。ジミー・ペイジ、エリック・クラプトン、ジェフ・ベック、ヴァン・ヘイレン、ウェス・モンゴメリー、ジャンゴ・ラインハルト、サンタナ、ライ・クーダー。それらのCDには彼女の音楽の方向性がすでに色濃くあらわれていた。博雅は溜め息をつき、開口一番、

「お小遣い、もらっていないの？」

ときいた。

「お金ならあったけど、レジが超混んでたから並ぶの面倒で」

「そういうときあるよね。僕もたまにそういう衝動に駆られることあるけど、でもしない。実際にしてしまうのと、しないでレジの列に並ぶのとでは、大きな違いがある」

「わかってるよ、そんなの」

「わかってるのにやったんだ？　不良ごっこは楽しいかい？」

「楽しくないよ、全然」

「なら、やめなよ。だいいち、ガミに似合わないよ、全然」

「でも他にすることないし」

「ギターうまくなりたいんだろ？　勉強なんかしなくていいから、ギターの練習しろよ。不良ごっこなんかやってる場合じゃないぞ。ジミー・ペイジもカルロス・サンタナも、きみの年頃には死にもの狂いでギターばっかり弾いてたはずだ」

「あの家じゃできない」

「公園とか学校とか、本気でやろうと思えばどこでだってできる。きみの楽器がピアノじゃなくてギターだったことを感謝すべきだ」

博雅は警察に頭を下げ、店に逆髪と一緒に戻ってCDの代金を払い、彼女にも頭を下げさせた。それからラーメン屋に連れて行った。

「もっとうまいもの食わせてあげたいけど、手持ちのお金が全部きみのCD代に消えちゃったから」

「ごめん。ねえ、餃子も頼んでいい？」

「それくらいは任せとけ」

逆髪はよほどおなかが空いていたのか、ひどくおいしそうにラーメンを啜った。

「ラーメン食べるの、人生で二回目」

「えっ、嘘だろう？」

「ほんと。親は食べさせてくれなかったし、叔父さんたちとも外食しないし」

「学校帰りに友達と食べないの？」

「本当はお小遣いもらってない」

「そうか……さっきは人前で恥かかせて悪かったな」

「学校の裏番長の子が初めて奢ってくれて。おいしかったあ。それからその子たちのグループに出入りするようになったんだ」

「ラーメン一杯でぐれたのかよ。情けないやつだなあ」

「いいやつだったんだよ、そいつ。あたしの髪の毛のことバカにしないの、そいつだけだったもん」

「ロックもその子の影響？」

「うん。すごく詳しくて、驚いた」

「そうか。いいボーイフレンドができて、よかったね」

「バッカじゃないの、博雅。裏番長って言えば女の子に決まってるじゃん」

「えっ、そうなの？　僕ずっと私立の男子校だったからさ、公立の事情には疎くて」

「やっぱり博雅って、箱入りのお嬢だったんだ」

「それを言うなら、お坊ちゃまだろ」

「昔、父親がそう言ってた。博雅のこと、お嬢だって。姫とも呼んでた。なんかそれって、やらしくない？」

「あら、失礼しちゃうわねー」

　逆髪はやっと年相応の笑顔を見せた。博雅は内心、うろたえていた。はるか遠い天国から一瞬、風が吹いてきて、かぐわしい花びらが一枚、さっと頬を撫で、鼻先を掠めていったような懐かしさと慕わしさに襲われたのだ。

「しばらく会ってないけど、蟬丸は元気？」

「うん。ガミに会いたがってた」

「あたし、高校を卒業したらあの家を出る。蟬丸を引き取って、二人で暮らすんだ」

「僕としては音大に進んでほしいけど」

「叔父さんケチだから、音大の学費なんか絶対出してくれないよ」

「お父さんの残してくれた遺産でそれくらいのことはできるはずだよ。頼んでごらんよ」

「あんなやつに頭下げるくらいなら、働きながらバンドやってギタリストをめざしたい」

十四歳のこの日、池袋の小汚いラーメン屋でふと漏らしたこの言葉が、逆髪のその後の人生を決定づけることになった。バンドという言葉とギタリストという言葉が、思春期のもやもやとした頭の中に確固として棲みつき、唯一の希望として不良少女の困難な生を支えたのである。逆髪もまた、何にせよギターを弾いてさえいれば幸せになれることに気づいたのだ。

「初恋はどう？　好きな男の子はできた？」

「ふん、男なんか鈍感だから嫌い」

「あ、その顔は誰かいるんだな？　どんなやつ？　クラスメイト？」

「教えない」

「片思い？　両思い？」

「鈍感だって言ったでしょ。気づいてないよ。きっと一生気づかないよ。鈍感だから！」

そう、博雅は気づいていなかった。逆髪が彼に会いたい一心でCDを万引きし、彼を警察に呼んだことを。彼に叱ってほしくて、彼に自分のやりたいことをわかってほしくて、彼と二人で話がしたくてたまらなかったことを。逆髪の初恋は十歳の頃から続いていた。僕たちはトリオだ、音楽で結ばれたアミーゴだ、トリオの絆は永遠なんだ、と言われたとき、まさにあの瞬間から博雅に恋をしていたのだった。そして十四歳にして逆髪は確信していた。自分が一生を捧げるにふさわしいものは、ギターとこの男だけであることを。

5

ツアーが岡山を経て広島に入った頃、週刊誌の記者が博雅に接触してきた。蝉丸と逆髪の生い立ちを追い、あの一家心中事件についても詳しく触れた記事原稿を見せて、ぜひ二人のコメントをいただきたい、と言ってきたのだ。原稿は二人に対して好意的に書かれてはいたが、むやみに同情を煽る意図が見え見えで、いかにも奥寺が仕掛けそうなお涙頂戴の安っぽい提灯記事になっていた。博雅は虫唾が走る思いがし、一読してすぐに席を立った。

「お断りします。あなたがこの記事を掲載するのは勝手ですが、バンドとしては一切コメントするつもりはありません。本人たちへの接触もかたくお断りします」

「これはまたずいぶんなご対応ですね。奥寺さんのお話では、蝉丸くんへの取材は自由におこなっていいと伺っていますが？」

「蝉丸が了解済みだと言ったんですか？」

「そう聞いています。私としては一応、マネージャーさんの顔を立てるためにこうして伺っただけでして」

「それなら勝手にどうぞ」

きっと言いくるめられて、断りきれなかったのだ。博雅はまたもや奥寺に対してはらわたが煮えくり返りそうな怒りを覚えた。この一件に限ったことではない。福岡からずっと、毎晩のように蟬丸を連れまわし、あちこちの知り合いに売り込んでいる。彼やバンドのためを思ってやってくれているのはわかるのだが、バンドのあり方についての考え方が根本から違っていることはわかっており、組む相手を間違えたとしか言いようがない。それにあの男のやり方はいささか品がなさすぎる。

だが、もしかしたら自分のほうが間違っているのかもしれないと、博雅は最近になって思うようになった。奥寺のような男に全面的に任せたほうがバンドが売れることは間違いないのだし、そのほうが蟬丸にとってはよいのではなかろうか。彼の言うように自分はアレンジに専念して、どこかの音楽プロダクションにマネージメントとプロデュースを委ねるべき時期にきているのかもしれない、と。そしてそれに向けて現実的に動くことを考えはじめた。

このまま蟬丸の人気が上がっていけば、それはもう自分の範疇を超えた仕事になるだろう。もともと、自分は音楽を創る側の人間であって、音楽を売る側については畑違いなのだ。いずれ自分たちの音楽性と肌の合うプロダクションと出会えたら任せるつもりではいたのだが、奥寺と出会ったことで思いのほか早くバンドの人気が出てしまい、適当な機を逸したままここまで来てしまった。彼自身、そしてまわりの誰もが、奥寺がこのバンドに対してここまで入れ込んでくれるとは思ってもいなかったのである。

その翌日、コメントを求めてしつこく蟬丸につきまとう週刊誌記者を、ドラムの祐二が殴りつけたという話が博雅の耳に飛び込んできた。その場を目撃していたキーボードのマリの話によれば、

「あの記事を読まされて、セミの顔色が変わったの。真っ赤になって、泣き出しそうな顔になって、そこへコメントをって言われた途端に、祐二が殴っちゃったのよ。ものすごくしつこくされたわけでもないんだけど、セミがあんな顔見せるなんてよほどのことじゃない？　祐二はほら、セミのことになると理性ぶっとんじゃうから」

ということだった。このバンドのメンバーは全員博雅がその腕を見込んでかき集めてきたのだが、蟬丸の声に惚れ込んでいるという点において一致している。とりわけドラムの祐二はオフでも何かと蟬丸の世話を焼きたがり、誰が見てもそれとわかるほど蟬丸に恋をしているのを隠さない。

「このツアー中に絶対セミを落としてみせる」

とバンドの連中に豪語しているという話も、博雅には伝わっていた。

だが祐二はホモセクシュアルというわけではなく、結婚して子供までもうけている普通の二十八歳の男である。それまでまったく男に興味なんかなかった男が蟬丸にここまで夢中になっているのを見るのは、博雅にとっては複雑な気持ちのすることであり、いろいろな意味で頭の痛いことでもあった。蟬丸自身はまったくその気はないようだが、誰かに好意を寄せられること自体が嬉しくてたまらないらしく、愛情に対して警戒する

ということを知らない。しかしこのような無垢さは時に人を混乱させ、傷つけることもある。博雅はそれが心配だった。自分の魅力についてもっと自覚的になり、人に恋われるとはどういうことか、そこにはリスクも含まれるのだということをちゃんと理解させておく必要があると、博雅は考えていた。

「それでセミはどうした？」

「祐二のかわりに記者に謝って、ハンカチで鼻血を拭いてあげてた。本当にやさしいのよね、あの子は」

「セミらしいな。コメントは何か述べたの？」

「それは何も言わなかったわ」

「記者は黙って引き下がったのか？」

「また来るかもね。でもセミの態度に感激してたみたい。見てる私でも感激したもの」

「訴えられたら面倒だな」

「訴えないんじゃないかしら。もともとセミのファンだったみたいだし。今回のことでますますファンになったんじゃない？」

その夜、博雅はホテルのバーに祐二と蟬丸を別々に呼び出して話をした。祐二は自分のしたことが蟬丸に迷惑をかけてしまったことを素直に反省し、先方へ謝罪に行くと言い出した。目がすっかり充血している。

「俺、絶対にバンドだけは辞めたくないんです。土下座でも何でもしますから」

「もちろん辞めさせるつもりはないよ」

「でも奥寺さんが、ドラムの代わりなんかいくらでもいるって」

「そんなことを言ったのか？」

「おまえより上手いやつなんか掃いて捨てるほどいるって」

「気にするな。セミもガミも、そして俺も、祐二のドラムが気に入ってるんだ。奥寺さんにバンドのメンバーを入れ替える権利なんかないんだから」

「あの人、俺のことが目障りでしょうがないんですよ」

「どうして？」

「俺がセミのこと好きだから」

「奥寺さんはそれのどこが目障りなの？」

「あの人も同じだからですよ。俺と同じ目でセミを見つめてる。たぶん、死ぬほど恋い焦がれてます」

祐二はそう言ってせつなそうに溜め息をついた。そのことには博雅も薄々は気づいていたが、こんなふうにはっきり言葉にされると、どきりとした。なぜか胸の奥にどす黒いインクが垂らされたような気がした。

祐二を帰すと、蝉丸を呼んだ。もうシャワーを浴びて眠るところだったらしい。髪の毛が濡れて、シャンプーの匂いが漂っている。

「モヒートをラム抜きで。二、三滴垂らす程度で」

博雅は蟬丸のかわりに彼の飲み物を注文してやった。下戸の蟬丸が酒場で飲むのはいつもこれだった。

「それはすでにモヒートじゃないよね」

と笑いながら、蟬丸はカウンターの隣のスツールに腰掛けた。見たことのないピンクのシャツを着ていて、それが妖しいほどよく似合っている。

「そのシャツ、初めて見るな。とてもいい趣味だ。どこで買ったの？」

「あ、これ、奥寺さんから貰ったの。ツアーがんばっているからご褒美だって」

「ふうん……奥寺さんはよくそうやってプレゼントをくれるのかい？」

一瞬で博雅が気分を害したのを、蟬丸は敏感に感じ取ってしまったらしい。困ったような顔になり、

「いけなかったかな？」

ときく。

「別にいけなくないさ。でもセミにばかり特別扱いされると、ガミや他のメンバーがどう思うかな」

「そうだね……ごめんなさい。でも、いつもうまく断りきれなくて」

「奥寺さんがそんなによくしてくれるのは、どうしてだと思う？」

「仕事だからでしょ？」

「それもある。でも、それだけじゃない。あの人の親切は、明らかに仕事の範囲を逸脱

している」

「ぼくの歌が好きだから？」

「それもある。でも、それだけじゃない」

蝉丸は苦笑して、博雅の顔をのぞきこんだ。

「博雅さん、何が言いたいの？」

「祐二がきみを好きなのは知ってるか？」

「うん、告白されたから」

「告白されて、セミはどうした？」

「ありがとうって言ったよ」

「セミは祐二のこと、どう思う？」

「ぼくも好きだよ」

「祐二と同じ気持ちで？」

「それは違うよ。ぼくは祐二さんに恋愛感情はない。仲間として好きなだけ」

「祐二にちゃんとそう言った？」

「わざわざ言わなくてもわかるでしょ」

「いや、そういうことはちゃんと伝えなきゃ駄目だ。思わせぶりな態度を取るのは残酷なことなんだ。祐二のほうではセミも自分に気があるって思うだろう？　恋心って、どんどんエスカレートしていくものなんだよ」

「エスカレートするとどうなるの？」

「ある日、爆発する。たとえば今日、祐二が記者を殴っただろう。あれも爆発の一種だ。このままいくと、そのうちもっと大きな爆発が起こる。バンド全体を揺るがすようなことになるかもしれない」

「よくわかんないんだけど……さっきは奥寺さんの話だったのに、どうして祐二さんの話になるのかなあ」

「これは同じ話なんだ。いいかい、きみのまわりで今、少なくとも二人の男がきみに恋をしている」

「二人だけなの？」

そう言うと蟬丸は博雅の目の奥をじっと見つめた。おまえは違うのか、とでも言いたげな目だった。

「他にもいるかもしれないが、エスカレートしてるのは二人だ。このことについて、セミはどう思う？」

「単純に嬉しいけど……でも、ぼくにはどうにもしてあげられない。二人の気持ちにはこたえられないよ」

「それなら、一線を引くんだ。一番まずいのは、期待を持たせた挙句撥《は》ねつけて、相手の自尊心を傷つけてしまうことだ。人に恋されるというのも、なかなか厄介なものなんだよ」

「でも、急に冷たくしたら仕事がやりにくくなるし……どうすればいいのかな？」

「セミの場合、相手が男なのが余計に厄介だ。自分が男を狂わせる素質があるってことを自覚してる？」

「そういえば中学のときから、ラブレターをくれるのはいつも男の子ばかりだった」

「セミ自身はどうなの？　きみも男のほうが好きなの？」

　子供の頃から知っているのに、こんなことを面と向かってきくのは初めてで、博雅は少し声が掠《かす》れた。

「よくわかんない。ぼくはまだ恋を知らないから」

「じゃあ、質問を変えよう。性的欲望はどっちに感じる？」

「ぼくは、ぼくのことを百パーセント受け容れてくれる人としか、そういうことできない。もしそういう人があらわれたら、男でも女でも関係ないと思う。でもきっと、そんな人はあらわれないんだ。ぼくにはそれがわかってる。だからぼくの性的欲望が満たされることは絶対にありえない」

　蝉丸に断言されて、博雅は少なからずショックを受けた。彼の育ち方を考えたら彼の言うことはもっともなのかもしれないが、それにしても愛情を得ることについてそこまで貪欲であり、そこまで深く絶望していたとは！

「なんてこと言うんだ。そんな悲しいこと言うなよ。あらわれるに決まってるじゃないか」

「百パーセント完璧に他人を受け容れられる人なんて、いるわけないよ。ぼくは九十九パーセントじゃいやなんだ。それじゃ安心できないんだ。こんなのは異常だって、ぼくにもわかるよ。でも、どうしようもないんだ。百でないならゼロでいい。わずかでも欠けた愛なら欲しくない。そういう相手と出会えないなら、一生セックスなんかしなくてもいい」

ああ先生、あなたの蟬丸はこんなにも難しい青年に成長してしまいました、と博雅は心の中で嘆き、師に問いかけた。こんなにも不可能な愛を求める、こんなにも潔癖で孤独でおそろしい青年になったのは、あなたのなさった仕業のせいですか？　それともわたしの力が足りなかったせいですか？　教えてください、ねえ先生！

「きみはずいぶん強いんだな。理想のために性欲を克服して、セックスを諦めて生きていけるのか？」

「訓練してるよ、強くなろうと。ぼくの体も、ぼくの心も、その特別なたったひとりのためにしか捧げたくないからね」

「氷の心を持った人間でなければ、そんなことはできない。だいいち、その特別な相手をどうやって見分けるんだ？　その人の愛が百パーセントかどうか、どうすればわかるというんだ？　愛情を試すのか？　テストでもするのか？　一体何を秤にかければきみは愛を信じられるんだ？」

思わず激昂して言い募る博雅を、蟬丸はいつものように静かな気配で物悲しげに眺めていた。彼のまわりだけいつも、どんなときでも、水を打ったような静けさが湛《たた》えられているのはなぜだろう。自分に向かってどれほどの激情が押し寄せてこようと、ひんやりと拒絶して、無色透明であり続けられるのはなぜなのだろう。

「だからね、ぼくはたぶん一生誰とも恋愛なんかできないと思うよ」

「それで歌が歌えるのか？　恋も愛も知らないで、ラブソングが歌えるとでも思っているのか？」

「ぼくはいつも幻の誰かに向けて歌ってる」

「それじゃ駄目だ。生身の誰かを想わないと、血のかよった歌にならない」

「ぼくの幻の恋人はね、ちゃんと今生きてる。生きてお酒を飲んだり、ぼくを叱ったりしてる。でも、ある事情があって想いをつうじあえないから、ぼくはいびつな青春を送らざるをえないってこと」

博雅は息が止まりそうになり、グラスを取り落としそうになった。だがかろうじて声をふるわせないようにして、きいた。

「その人がもし……セミにとって百パーセントの人だったらどうするんだ？」

「それはもうわかってるの。ぼくにはその人しかいない。この先何十年生きたって、その人以上に特別なたったひとりはあらわれないってことはね」

「それなのに、想いをつうじあえないのか？　一体どうして？」

「他の誰かを不幸にしてまで、ぼくは幸せになりたくないの。ぼくが笑うために誰かが泣くなんて、ぼくには耐えられない」

そんなのきれい事だ、と言おうとしたとき、蟬丸がひらりとスツールから降りた。ピンクの蝶が鮮やかに目の前を横切っていったようで、博雅は思わずその言葉を呑み込んだ。

「もういいかな？　すごくねむいんだ。おやすみなさい。また明日ね」

おやすみ、と呟いて、博雅はその背中を見送った。そして彼に言われたことを考えないようにするために、ベッドにもぐった途端に眠ってしまえるように、強い酒を立て続けに三杯あおってみたが、飲めば飲むほど息苦しさが募り、彼の言葉がぐるぐると廻り続け、彼の孤独がきりきりと突き刺さるばかりだった。幻の恋人。特別なたったひとり。百パーセントの相手。まるでそれは、自分の心を言い当てられたようだった。自分が蟬丸のことをどう思っているかを、そっくりそのまま彼の言葉で教えられたに過ぎないのだった。

だが博雅は、まだわずかに残っていた理性の力でそれ以上考えまいとした。そうでなければ俺自身がエスカレートしてしまう。あの子を全力で守らなければならない立場にいるこの俺が爆発するわけにはいかない。あの美しい蝶を捕まえて標本箱のなかに閉じ込め、ピンで留め、自分だけのものにしたいと思っても、その瞬間に蝶は死ぬ。蝶が死んだら、俺も死ぬ。博雅は何度も蝶の死と自分の死について考え、さらに強い酒をもう二杯流し込んでから、自分の部屋に引き上げた。

ドアの前に、逆髪が立っていた。手に楽譜を持っている。

「遅かったね。飲んでたの？」

「ああ。ずっと待ってたの？」

「新曲、できたから」

「そいつは楽しみだ」

「博雅、酔っ払ってる？」

「すこしね。すこしだけね」

「珍しい。ヤケ酒？」

「そういう時だってあるさ。三十八にもなればね」

「女に振られたの？」

「振られるかよ、俺が女に」

「でもそういう顔してる」

「振られた男の顔に詳しいのか」

「ギターうまいと無駄にもてるから。これでも男を振ることにかけては年季が入ってるんだよ」

「そりゃお見それしましたね。無駄にもてるなんて言ってないで、早く本命つかまえろよ。誰か好きな男いるんだろ？　歌詞読めばわかるよ」

「あたしのことより……やっぱり振られたんだ？」

「まあ少しそれと似てるかもしれないな」

「慰めてほしい？」

「いらない」

「添い寝してあげようか？」

「ダメダメ。今そんなことされたら、俺、ガミの胸で泣いちゃう」

「泣いてもいいよ」

「ああ、やばい……俺ほんとに泣きそうだ」

「泣かせてあげる」

逆髪は博雅の手からキーを奪って、部屋に入った。そしてベッドに腰かけ、まとめていた髪をほどいて、博雅を手招きした。

「ガミ……大人になったんだな」

博雅は逆髪の膝に顔を埋めて、声を出さずに静かに泣いた。こんなかりそめのぬくもりさえも、蝉丸は求めずに生きていくに違いない。真実の愛しか欲しがらずに、頑なに尖り続けて、誰かの愛を邪魔しないために。そんなふうに生きていったら、いつか折れてしまうだろう。心というものが粉々に砕けて、歌を歌うたびにその破片が食い込んで、喉から血を流して死ぬだろう。

「かわいそうに……博雅にはあたしがついているからね」

逆髪の手が愛おしげに彼の髪を撫でているのに気づいたとき、博雅はようやく思い至った。蝉丸と俺が想いをつうじあえないのは、その障害となっているのは、逆髪ではないのか、と。逆髪が俺を愛しているから、そして蝉丸はそのことを知っているから、すべてを諦めることに決めたのではないか、と。

次の瞬間、博雅はさっと身を起こし、泣き顔を見られないように背中を向けて、冷たい声を出した。

「ありがとう。もういいよ。寝るから出て行ってくれないか」

「……わかった……」

「楽譜は明日の朝見るから、置いていって」

「うん。おやすみ」

ドアが閉まると、博雅は拳を思いきり部屋の壁に叩きつけた。手の痛みをこらえながら、心の痛みが過ぎ去るのをじっと待った。先生、あなたは、なんという呪いをかけられたのですか？ あなたの大切な者すべてを三角形の綴じ糸でほどけぬように縫い付けて、それぞれの愛を禁じるおそろしい呪いをかけたのは、一体何のためですか？ まだこの世で生きて音楽をやっている者たちに、嫉妬をしていらっしゃるのですか？

だが師は神のように何も答えてはくれなかった。それはいつものことであり、博雅の胸に砂漠のような沈黙が降りてくるだけだった。

6

逆髪は高校を卒業すると叔父の家を出て横浜の東横線沿線にアパートを借り、中学生になった蟬丸と二人で暮らしはじめた。ライブハウスでアルバイトをしながらギターを独学で学んで、博雅に教えを乞いながら作詞と作曲もやるようになった。横浜に住むことにしたのは施設の頃から蟬丸が馴染んでいるからであり、東横線沿線には博雅の住まいがあるからだった。もともと田園調布で生まれ育ったから、このあたりには土地勘もあった。両親のことを思い出すつらさよりも、博雅の近くにいられる嬉しさのほうが勝っていた。蟬丸は週に一回、博雅の家にかよってきて、声楽のレッスンを受けていた。

三十代に入った博雅には、仕事の面でも少しずつ変化が訪れていた。いつしかオペラを書くという夢は遠くなり、すぐ金になる現実的な賃仕事——コマーシャルソングの作曲とか、ポップソングのアレンジとか——そんな仕事ばかりが塵のように増えていった。だが博雅はアレンジの仕事が決して嫌いではなかった。箸にも棒にもかからない曲を自分のちょっとした工夫によって見映えのするものに仕上げるのは、オペラやミュージカルのオリジナルスコアの作曲には遠く及ばないとしても、それなりにやりがいのあることだった。

十三歳になった蟬丸は、声変わりをひどくおそれていた。一体どこから聞いてきたのか、カストラートになりたいと言い出して、博雅を仰天させた。たぶん、聖歌隊のボーイソプラノ仲間から吹き込まれたのだろう。声変わりしてしまえば、聖歌隊を抜けなければならなくなる。あるいは蟬丸の天賦の声を惜しむ神父かシスターが、冗談まじりにそんな言葉を口にしたのかもしれない。

「声変わり前に去勢すれば、永遠にボーイソプラノを保ち続けられるんでしょ？　ぼく、子孫なんかいらない。子供なんか作れなくてもいい。一生、この声で歌い続けられるなら、ほかには何もいらないんだ」

「あのねセミ、カストラートは十七世紀と十八世紀のヨーロッパにしか存在しないんだよ。十九世紀にはもう完全に消滅してしまったんだ。現在では子供にそういう去勢手術をすることは禁止されているんだよ」

「じゃあ、声変わりしちゃったら、もう歌えなくなっちゃうの？」

博雅もそれについては時々考えないわけではなかった。いつ来るか、そろそろ来るか、と蟬丸以上に気にしていたかもしれない。ボーイソプラノの男の子にとって声変わりは死刑宣告にも等しいものであり、蟬丸が大きなショックを受けるだろうことが予測できたからである。変声期を過ぎて大人の声を獲得すればテノールとして歌えるが、それはまた違う話になってしまう。もちろんこの珠玉の声は変声期までのみじかい命だからこそ特別な輝きを放つのかもしれないと、博雅にもわかっていた。そして彼はある結論にたどり着いた。

「カストラートは無理だけど、カウンターテナーという道がある」

「カウンターテナーって？」

「ファルセットを訓練して、女性のアルトやメゾ・ソプラノを出す男性歌手のことだよ。

ソプラノまで出せる人のことはソプラニスタっていう。まだ世界にもそんなに数はいないけどね、女性の声の代わりじゃない独特の力強さが魅力で、最近の古楽ブームにも乗って、存在価値が高まっているんだ。カストラートとは違うけど、一番カストラートに近いと言える」

博雅は古楽仲間からカウンターテナー歌手を紹介してもらい、呼吸法と発声法、そして基本的なヴォイス・トレーニングのやり方を伝授してもらった。学生時代、由井捨磨の合唱組曲を歌いたくて入った大学の合唱団で合唱指導をやっていたことがあるので、もともと声楽の素養は多少あったことが役立った。もし先生が生きていたら、自分の息子にこっそり外国で去勢手術を受けさせて、カウンターテナーを装うカストラートに仕立て上げたかもしれないな、と博雅は夢想することもあった。

だが結局のところ、蟬丸は声変わりしなかった。発声練習をしているうちにどんどん高い声が出るようになり、ソプラノの音域まで楽々と出せるようになってしまった。普通の男の子なら悩むのかもしれないが、蟬丸はこの奇跡を神様からの贈り物として前向きに受け容れた。

「学校じゃみんながぼくのこと、奇形だって言うんだ。でも僕にしてみれば、超ラッキー！って感じだよ」

「一種の突然変異かもしれないが、奇形じゃないよ。特殊能力だと思えばいいんだよ」

「本当に心から祈れば、願いはかなうんだね。毎日毎日、朝・昼・晩、神様にお祈りしたんだ。どうか声変わりしませんように、って。頭の血管が切れそうなくらい毎日真剣にお祈りしたんだよ」

「じゃあ、神様が聞き届けてくれたのかもしれないね」

「もうひとつの願いも、かなうといいな」

「二つもお願いしたの？」

「ぼくの願いって、一生のあいだにその二つだけだから。他のことはどうでもいいから」

「もうひとつは、どんなこと？」

「それは秘密だよ」

成長とともに胸郭が発達してきたので、ボーイソプラノの時代に比べると声量も抜群に増え、声の通りもよく、響きの豊かさもくわわって、蝉丸の歌い手としての魅力は揺るぎないものになっていった。年齢とともに曲の解釈が的確にできるようになり、表現力も格段に深くなっていった。博雅は練習の課題曲としてヘンデルやモーツァルトの歌曲、ヴィヴァルディやモンテヴェルディのオペラアリア、バッハの宗教曲、シューベルトのドイツリートなど、カウンターテナーが本領を発揮できそうなものを選んでレッスンをつけた。いつかこの声のために、カウンターテナーのためのオペラを書くこと。それが博雅の目標になりつつあった。

だがある日、逆髪が持ってきた自作のロックバラードを蝉丸が手慰みに口ずさんでいるのを耳にした博雅が、即興でアレンジをつけながら遊んでいるうちに、その曲はどんどん意外な方向へ転がっていった。わずか一時間後には、ロックでもない、クラシックでもない、蝉丸バンドの音楽ができあがっていたのである。

「すごい！　これ、おもしろいよ！」

興奮した蝉丸がすぐに逆髪を呼び、彼女のギターと博雅のシンセサイザーをあわせていくうちに曲の厚みはさらに増して、そこに蝉丸が声をのせると完璧になった。蝉丸バンドの記念すべき第一曲はこうして生まれた。

その前日までは、博雅は蝉丸の音大受験のことで頭がいっぱいだった。成績優秀な者には授業料免除になるか奨学金が出る大学をいくつかリストアップし、かつ昔の音楽仲間のネットワークも駆使して、どこの声楽科が一番蝉丸に向いているか、本格的な検討に入っていた。だが、

「ねえ、バンドやらない？　三人で」

と、その日逆髪が高揚と確信とともに呟いた一言によって、その計画はあっけなく翻ってしまった。たとえばカウンターテナー歌手として、ヨッヘン・コワルスキーや、アンドレアス・ショルや、フィリップ・ジャルスキーのようになる可能性も蝉丸にはあった。だがそれは彼ひとりが切り開き、成し遂げてゆく道だった。蝉丸の心を動かしたのは、「三人で」という言葉だったのだ。逆髪と、蝉丸と、博雅と、この三人一緒でしか成し遂げられないこと、誰かひとりが欠けても音楽が作れないトリオの絆、それがまさに蝉丸バンドという形態だったのである。

「ぼくのもうひとつの夢はね、ガミと博雅さんと、いつまでも三人で一緒にいられますように、ってことなんだ。できれば三人で一緒に音楽をやり続けられますように。あのトリオのときみたいに」

蝉丸のこの言葉によって、博雅は彼を音大に進学させることも、再びオペラを書くことも諦めた。彼が毎日毎日、朝・昼・晩、頭の血管が切れそうになるほど祈り続けた夢ならば、どんなことをしてもかなえてやるしかない。彼の夢は、自分の夢だ。博雅はそう思っていた。

だがバンドに関わるという決意は、博雅の周囲に少なからぬ影響を引き起こすことになった。

まず片手間でできることではないので、その他の大きな仕事をいくつか整理しなければならなくなり、収入が大幅に減った。博雅はこのバンドの仕事が金になるとはまったく思っていなかった。にもかかわらず、どんな仕事よりも時間と熱意をかけて曲作りにいそしむ彼を、周囲は冷ややかな好奇の目で眺めていた。

もうひとつの大きな変化は、慶子との結婚が決定的に駄目になりかけたことである。慶子とは学生時代からもう十五年以上のつきあいになる。そのあいだ、博雅のほうがミュージカル女優と二股をかけたり、彼女のほうがウィーンに留学したりして、つかず離れずの微妙な関係を続けてきた。ヴァイオリン奏者の慶子は仕事で海外に出かけることも多かったから、互いにそれほど束縛しあわず、適度な距離を保つことができていて、博雅にとってはとても居心地のいい相手だった。恋人というよりはむしろ親友に近い感覚だったが、両方の親は二人がいずれ結婚するものだと思い込んでいたし、本人たちもいつか誰かと結婚しなければならないのならこの相手しかいないだろうと思っていた。

「そろそろ結婚しようか」

と博雅が言い出したのは、アレンジャーとしての仕事が安定し、逆髪と蟬丸の姉弟が二人で暮らしはじめ、あとは蟬丸を音大に入れればとりあえずの責任を果たし終えて一安心できる、という時期だった。博雅も慶子も三十五歳、子供をつくるならこれが最後のチャンスと腹をくくる年齢になっており、ようやく長すぎる春に終止符を打つ気持ちになったのである。

「子供はできたらできたで嬉しいけれど、できなくてもまあ仕方ないわね、どちらでもいいわよ」

というスタンスで慶子がいてくれることが、博雅は何より気に入っていた。長いつきあいで慶子にはすでにわかっていたのだ。蟬丸という存在がいる以上、博雅が自分の子供をそれほど欲しがらないだろうということを。ミュージカル女優とは妊娠がきっかけで博雅と別れることになったことも知っていた。おそらくどうしても産みたい、結婚してほしいと迫ったのだろう。博雅のような男にそんなことをすればすべてが台無しになることを、ミュージカル女優は見抜けなかったのだ。

だが慶子は聡明な女性だった。彼に依りかからず、彼より上にヴァイオリンを置いて、音楽を最優先にする価値観を身につけていたおかげで、彼の愛を長年にわたってつなぎとめることができた。ずいぶんと回り道をしてしまったが、そろそろ結婚しようかと言われたとき、彼女はようやく由井拾麿にも、ミュージカル女優にも勝ったと思ったのだった。

二人はなるべく浮き足立たぬよう、年相応の慎重さで事を運んだ。宮本家の実家の近くにスタジオつきの新居を建設することが決まり、土地はもともと宮本家の所有するものだったので、建築費用を両家から折半で援助するという申し出を受けた。新婚旅行は仕事で普段からヨーロッパに行きつけている慶子の希望により、これまであまり縁のなかったアジアのリゾートでのんびりしたいというプランが採用されて、アンコールワットを中心にベトナムとタイを三週間まわることにした。結婚式は宮本家にゆかりの深い神社で神式でおこなったのち、披露宴はちょっとしたコンサートも開けるフレンチレストランを借り切って、音楽仲間によるミニコンサートの趣でおこなうことになった。当人たちがどんなに目立たぬようにと略式を望んでも、両家の格式と社会的地位がそれを許さないのだった。

あらゆる段取りが驚くほどのスピードでトントン拍子に進んでいった。まるで慶子が気を利かせて、博雅の気の変わらないうちに落ち着くべきところに落ち着いてしまおうとするかのようだった。おそらく慶子はもう何年も前から二人の結婚の青写真を思い描いていて、こまかいところまでイメージが練り上げられており、それをただ実行に移しているだけなのだろう、と博雅は思った。建築家もフレンチレストランもアジアのリゾートホテルもすべて慶子がこだわって見つけてきた。博雅はただ彼女の提案を受け入れればよかった。つまり自分はそれほど彼女を待たせてしまったのであり、痺れを切らさずにここまで待ち続けてくれた彼女の忍耐強さと寛容さにあらためて感謝の念を覚えるほどだった。そしてつくづく、結婚とは女のための一大イベントであって、男は引き立て役に過ぎないことを思い知らされた。これほど生き生きと幸せそうにしている慶子を見るのは初めてだった。

ところがそこへバンドの話が持ち上がり、結婚に暗雲がたちこめてきたのである。もう施工会社の手配も、式場の手配も、旅行の手配もぬかりなく済ませ、招待客のリストアップに入ろうかという時期だった。

「申し訳ないんだけど、結婚はあと三年待ってくれないか。三年あればバンドも軌道に乗ると思うんだ。どうせ家はあと一年は建たないんだし、式場も旅行もまだキャンセル料はそんなにかからないで済むんだし」

そのときの慶子の顔を、博雅はいつまでも忘れないだろう。女がやっと摑みかけた幸せを今まさに取り逃がしたときの顔とはこういうものかと、博雅は妙に冷静に他人事のように眺めた。

「え？　あなた、一体何言ってるの？」

彼女の顔からゆっくりと血の気が引き、顔の真ん中に虚ろな穴が穿《うが》たれていくようだった。

「だから、三年だけ延期してほしい。本当に申し訳ないと思うけど」

「どうして?」

穿たれた穴に向かって砂場の砂が一斉になだれこんでいくみたいに、彼女の顔が崩れていく。

「バンドをつくって蝉丸をデビューさせるんだよ。レコーディングもしてちゃんとプロにする。僕が逆髪の曲を編曲してプロデュースもする。たぶん当面はマネージメントもすることになる。他のメンバーも集めなきゃならない。メンバーが揃ったらライブとレコーディングだ。これからすごく忙しくなるんだ」

せみまる、と彼女は口の中で呟いた。その途端、彼女の顔に般若《はんにゃ》の表情が浮かび上がった。

「ああ、またあの子なの。また蝉丸なのね。あなたの人生の節目節目で邪魔をする!」

「そういう言い方はやめてくれないかな」

「あなたがイタリア留学をやめたのもあの子のため。そして今度は、あの子のためにわたしたちが結婚をやめなくちゃならないのね!」

「やめるんじゃない。少し延ばすだけだ」

「どうして今なの? どうして延ばさなきゃいけないの? あなたが蝉丸のためにバン

ド活動をしたいならすればいいわ。でもその仕事と結婚生活がどうして両立できないの？」

「忙しくなるから新婚旅行にも行けないし、建築中の家を見に行くこともできないし、家具屋や電気屋にも行ってる暇がないんだよ」

「新婚旅行なら落ち着いてからゆっくりすればいいわ。家具も電気製品もわたしが誂《あつら》えるし、大工さんたちへの心遣いならわたしがちゃんと全部やるわよ。何も問題ないじゃない」

「でも結婚となると、目に見えない雑用がいっぱいあるだろう。結婚式だけでも大変なのに、披露宴のミニコンサートにどれだけ手間を取られるか！　誰と誰を呼んで何を演奏してもらうか、みんなに失礼のないように考えなきゃならないんだよ。気の利いた引き出物を考えるだけで大変だよ。新居の郵便受けひとつ選ぶのだってあれこれ悩んで一週間はかかるよ。区役所にも行かなくちゃならないし、指輪も買わなきゃならないし、直接出向いて結婚の挨拶に行かなきゃいけない親戚がどれだけいると思ってるんだ。きみのお兄さんとゴルフをして、きみのお母さんと歌舞伎につきあって、きみのお父さんとも落語を聴きに行かなくちゃならないだろう。今の僕にはとてもそんな時間はないんだよ」

「あなたにとっては、うちの家族とのつきあいさえもただの雑用でしかないのね？　わたしはあなたのお母様とデパートに行ったりするのをとても楽しんでやっているけれど」

「ごめん、そういうつもりじゃないよ。ただ、これは僕にとってもすごく大事な仕事なんだ。ひとつのバンドを最初から全部この手で手がけて、ある才能をプロデュースする。金のための仕事じゃない。やっと本気で取り組める、やりがいのある仕事にめぐりあったんだ。僕はこのバンドに賭けてみたいんだよ。自分にどれだけのことができるか、思う存分試してみたい。蝉丸の声にはそれだけの価値がある」

慶子は深い溜め息をつき、腕組みをして首を振った。

「なんだかわたし、由井先生と蝉丸くん、親子二代にわたってわたしの大事な男を奪われてきたような気がするわ」

「頼むからそういう言い方はしないでくれ」

「でもね、今回ばかりは事情が違うわよ。もうわたしたちだけの問題じゃないの。うちの両親も、あなたのご両親も巻き込んでしまったの。大きな額のお金が実際に動いてるし、式場や旅行会社に口をきいてもらった親戚にも迷惑をかけることになる。イタリア留学を取り止めたときとは比べものにならないくらいのダメージを、あなたはまわりのすべての人間に与えることになるのよ」

「そのことについては、本当に申し訳ないと思ってる」

「三年後って、わたし、三十八よ。もう子供を持つのは絶望的ね。それに三十八歳の花嫁って、ちょっとかっこつかないわよ。男の人にはわからないでしょうけど。この年になるまで待たせた挙句、さらに三年待ってくれですって？　そんな残酷なこと、うちの両親にはとても言えないわ。悪いけどあなたから直接言ってくれる？　父は怒るだろうし母は泣くでしょうけど、あなたが誠意を尽くして二人を納得させてあげてね」

「わかった……すまない。でも慶子、きみ自身にも心から納得してほしい。そしてできれば、待っててほしい」

「それはちょっと考えさせて。わたしが納得するにはとても時間がかかると思うわ」

「こんなこと言えた義理じゃないのはわかってるけど、僕の人生にはきみが必要なんだよ」

「そうかしら。わたしがいなくても、蟬丸くんがいればいいんじゃないの？」

　これ以後、慶子からは半年間連絡がなかった。博雅と彼の父が先方の家に謝罪に行くという形でこの話はおさまったが、新居の建築はいったん中断され、整地された状態のまましばらく放置された。博雅はこれで慶子を永遠に失ったかもしれないと覚悟した。しかしそうなることがわかっていたとしても、やはり結婚は延期せざるをえなかった。博雅には明らかに彼女との結婚生活よりも、蟬丸バンドのほうが大切だったのだ。慶子と結婚しないのなら自分はもう一生誰とも結婚はしないだろうと博雅は思った。博雅にとって結婚とは、仕事を全力でおこなうための給水ポイントのようなものだった。それがなくては苦しくてマラソンを走りきれないが、それ自体が人生の目的にはなりえない。給水ポイントに立ち寄るたびにエネルギーを吸い取られるくらいなら、結婚などする必要はないと博雅は考えていた。

一年後、博雅が蝉丸バンドのファーストライブの招待券を送ると、慶子はひとりで聴きに来た。そしてライブのあとで、

「なるほどあの声なら、仕方ないわね」

と、博雅に言った。彼のわがままを許し、まだ待ってくれているのだと思った。やはり自分にはこの女しかいない、もう二度と離してはいけないと、博雅はあらためて慶子のかけがえのなさに気づいたのだった。

「まだ僕と結婚してくれる気はある？」

「わたしより、うちの両親がとことんあなたのこと気に入ってるのよ。何年待たされても博雅さんを手放すな、って。孫の顔は諦めても、あなたを婿にすることは諦めきれないらしいわ。一体どうやってあの人たちをたらし込んだのかしら？」

「僕もきみのご両親は大好きだよ。で、きみ自身はどうなの？」

「あなた以上の男はいないとでも言ってほしいわけ？」

「言わなくていい。わかってるから。僕にとってもきみ以上の女はいないから」

かくして、中断されていた新居の建築は再開された。だが完成する頃には蝉丸バンド初の全国縦断ツアーがはじまり、博雅は新しい家を見に行く暇さえなかった。真新しい家具と電気製品に囲まれた家には慶子のほうが先に引っ越し、あるじが越してくるのを待っていた。博雅はツアーをすべて終えたあとに引っ越してくることになっており、そ

れから婚姻届を出しに行く手筈になっていた。

今度ばかりは二人の年齢を考え、また老齢に達したそれぞれの両親のことも考慮されて、身内でのささやかな食事会をおこなうほかは、結婚式も披露宴も省略することが許された。ただ、新婚旅行だけは譲れないという慶子のたっての希望を容れて、ツアーから戻ったら慌しくアジアの空へと出発することになっていた。それくらいは仕方がないと、博雅も思った。給水ポイントでたっぷりの水を補給するためには、それなりの手間を惜しんではならない。水はただで供給されるのではない。ランナーが生死にかかわる渇きを癒すための水を得るためには、いくつもの取引があり、了解があり、約束ごとがあって、それらが滞りなく遵守されて初めて、心ゆくまでおいしい水を飲むことができるのだ。そうしてまた長い人生を、ひとりでこつこつと走り続けることができるのだ。

7

博雅に婚約者がいることは、バンドの関係者は誰も知らない。博雅はもともとプライベートな話題を仕事関係者にするほうではなかったし、他人のプライバシーにも極力口をはさまないようにしてやってきた。蟬丸と逆髪の二人に慶子のことを伏せたのは、なかば動物的な防衛本能のようなものが働いたのかもしれない。彼の心の中の聖域——由井捨麿のいるところ——に蟬丸と逆髪の二人も含まれていることは間違いなかった。生身の女性との恋愛は、二人を大切に思う気持ちとはまったく別次元に属することだった。博雅の中では無意識のうちにその二つを区別し、感情のバランスを取る習慣ができていたので、何ら不都合は生じなかった。

だが逆髪が自分に恋愛感情を抱いているとわかったことで、彼の中で微妙に感情の均衡が崩れはじめた。それは自分の蟬丸への想いが意外なほどの強さで加速度を増してエスカレートしつつあると思い知らされたことや、蟬丸もまた自分に対して同じ想いでいてくれているらしいとわかったこととも密接なつながりをもって彼を混乱に陥れていった。

「やっと大阪まできたね。ここでちょうど半分だね」

大阪ライブの日、いつものように早めに会場入りしてヴォイス・トレーニングを見てやっているとき、蟬丸がしみじみと呟いた。大阪を終えればあとは名古屋、東京、仙台、札幌、そして最終地の横浜を残すだけになる。

「まだまだ先は長いよ。気は抜くな」

「ツアーが終わったら、博雅さん、旅行に行くの？」

「どうして？」

「こないだ移動の車の中で誰かと電話で話してたでしょ。ビザがどうとかパスポートがどうとか。あれ、聞こえちゃったから」

「ああ、あれか」

カンボジアの入国ビザの代行取得のことで旅行会社と打ち合わせをしていたのを聞かれてしまったらしい。やはりいつまでも隠しておくわけにはいかない。どうせいつかは話さなくてはならないのだ。

「どこ行くの？」

「アンコールワット。あとベトナムとタイにも」

「アンコールワット!?」

突然、蟬丸の目が輝きはじめた。彼が音楽以外のことでこんなに興奮するのを見るのは初めてかもしれない。

「いいなあ！　ねえ、ぼくも一緒に行っちゃ駄目？　ぼく遺跡が好きで、前からすごく行ってみたかったの。海外旅行にはそんなに興味ないけど、アンコールワットにだけは行きたかったの。旅費は自分でもつからさ、ねえ、一緒に行ったら駄目かな？」

「実は新婚旅行なんだ」

ことさら軽く言ったつもりだったが、どのように聞こえたかわからない。見る見る蟬丸の顔が歪んでいくのがわかった。それを見ただけで博雅の胸は張り裂けそうになった。なんちゃって冗談だよ、結婚なんかするわけないだろ、と笑って言ってやることができたら。そして本当にこの結婚話をなしにすることができたら。慶子とではなく、蟬丸とアンコールワットに行くことができたら。博雅は心からそう思った。彼の顔が悲しみのために歪んでいくたった一瞬で、のたうちまわるほどの後悔に打ちのめされるのを感じた。

「黙っててごめんな。みんなにはツアーの打ち上げの席で言うつもりだったんだよ」

ちょうど入ってきた逆髪も、青ざめた顔で博雅を見つめている。いつからそこにいたのか、ステージの脇でキーボードをいじっていたマリと吉岡が耳ざとく聞きつけ、

「えー、なに、博雅さん結婚するのぉ？」

と大きな声を出した。その声で楽屋裏にいた他のメンバーも集まってきて、ちょっとした騒ぎになってしまった。

「相手は相手は？」

「学生時代の同級生。腐れ縁ってやつ？」

「何してる人ですかぁ？」

「ヴァイオリン弾き」

「ひぇーっ、ショーック！　まじで大ショック！　あたし急にやる気なくなりましたからっ。しばらく立ち直れないかもっ」

「俺、博雅さんてもうとっくに結婚してるのかと思ってた」

「私も子供三人くらいいるのかと思ってた」

「僕はガミさんとつきあってるのかと思ってました！」

「いやあ、おめでとうございます！」

「今夜は宴会ですね。道頓堀におもしろい店があるんですよ。予約入れときます！」

「ヤケ酒組と祝い酒組に分かれそうだなあ」

みんなが盛り上がるなか、蟬丸は何も言わずに、顔を歪ませたまま会場を出て行った。逆髪がそのあとを追っていく。二人は本番ぎりぎりまで戻ってこなかった。


その夜のライブは、大荒れになった。

逆髪のギターはいつもよりさらに攻撃性を増して突っ走り、他の楽器とのタイミングをあわせようともしないまま、狂った龍のように暴れ続けた。このままだと弦がぶち切れてギターが壊れてしまうのではないか、いや壊すつもりなのではないかと、博雅もみんなも本気で危惧するほどだった。

だが荒れ狂う逆髪よりも痛ましいのは、はりつめた様子でじっと何かに耐えている蟬丸の姿だった。その顔にも、声にも、立ち居振る舞いにも、なんの力も意志も宿ってはいなかった。青ざめて消えかかる蛍のようにあまりにも儚く、立っているのもやっとというその弱々しさで、瀕死のようなブレスをあげるたび、次の歌詞がきちんと発音されるかどうか、全員が心から心配しなくてはならなかった。

「なんだ、あれは。二人とも変だぞ。一体今日はどうしたっていうんだ」

客席後方にいる奥寺が博雅の隣で気を揉んでいる。

「蟬丸は病気なのか?」

「いいえ。さっきちょっとしたトラブルがあっただけです」

「大事な大阪で、何やってんだよ！」

蝉丸は一曲歌うごとに目に見えて声量が弱くなっていき、五曲目でとうとう声が出なくなった。咄嗟に逆髪が地声のアルトで主旋律を引き継ぎ、歌を続けたが、声が出なくなっても蝉丸は必死で口を動かしていた。博雅は照明室に走り、

「暗転にしろ。セミが倒れるぞ」

と叫ぶと、全速力でステージ袖に駆け戻った。蝉丸が仰向けに倒れかかるのと、ステージの照明がフェードアウトしていくのと、ほぼ同時だった。祐二がドラムセットから飛び出して蝉丸に腕を差し伸べるよりほんのわずか早く、博雅の両腕がしっかりと蝉丸のからだを抱きとめていた。蝉丸は撃ち落とされた小鳥のように微かにふるえながら博雅の腕の中に落ちてきた。つめたい汗で全身がしっとりと濡れそぼっていた。

「どけ！　誰も触るな！　誰もセミに触るんじゃない！」

メンバー全員と奥寺が集まってきたが、博雅は蝉丸を抱きかかえ、誰にも触れさせず、みんなを蹴散らすようにして、楽屋まで運んだ。花びらのように軽く、氷のように冷たいと思った。この子をこんなふうにしてしまったのは、俺のせいなのだ、と博雅は胸を掻き毟《むし》られるような思いで楽屋への階段を駆け下りた。

「宮本さん、ライブはどうする？　中止にするか？」

奥寺が追いかけてきて、蝉丸の顔をのぞきこみながら声をかけた。

「ヴォーカルがいなくちゃ続行できないでしょう。すみませんが中止にしてください」

「わかった。あとは任せろ」

楽屋のソファに蝉丸を横たえると、スピーカーから客席に話しかける逆髪の声が聞こえてきた。申し訳ありませんが、蝉丸急病につき、ライブをここで中止させていただきます。客席が騒然となったところへ、チケット払い戻しの説明をする奥寺の声がかぶさった。それでも騒ぎはなかなかおさまらなかった。そのとき、蝉丸がゆっくりと目を開けた。

「セミ……大丈夫か？　心配したぞ」

蝉丸は何か言おうとして口を動かすが、声が出ない。

「いいよ。何も言わなくていい。きみは今、声が出ない。ライブは中止にするから、タクシーで病院に行こう」

蝉丸は首を横に振った。祐二がドアをノックして、顔を出した。

「セミは大丈夫ですか？」

「うるさい！　入ってくるなよ！」

思わず怒鳴りつけた博雅に、祐二も、蝉丸も、何より自分自身が驚いていた。すみません、と祐二は謝ってドアを閉めた。いたたまれない様子で蝉丸は再び目を閉じた。博雅は電話でタクシーを呼び、待っているあいだ蝉丸の手を握って、その手に額をこすりつけた。

「ごめんよセミ……俺が悪かった……でも結婚の話にそんなにショックを受けるなんて、

思わなかったんだよ……まさか声が出なくなるほどショックを受けるなんて……俺が結婚しようがしまいが、何も変わらないんだよ……今までと一緒だ……それは信じてくれ……頼むから信じてくれ……」

蟬丸は首を横に振り、口を動かした。う、た、え、な、く、て、ご、め、ん、な、さ、い。歌えなくてごめんなさい。

「いいんだ。たぶん一時的なショックで声が出ないだけだと思うよ。すぐにまた歌えるようになるからな。何も心配しないでゆっくり休むんだ」

蟬丸の長い睫毛がふるえて、涙がこぼれ落ちた。博雅は指でその滴を掬い取った。

「何を泣く？　歌えないのがそんなに悔しいのか？」

蟬丸はまた首を横に振った。

「じゃあ、俺の結婚がそんなに悲しいのか？　もしそうなら、結婚なんかやめたって……」

蟬丸はまた首を振り、お、め、で、と、う、と口を動かした。結婚おめでとう。

「祝福してくれるのか？」

蟬丸はコクンと頷いた。そのとき、またドアがノックされて逆髪が入ってきた。

「タクシー来たけど」

「ありがとう」

博雅が蟬丸を抱き上げようとすると、逆髪はそれを制して、

「あたしが連れてく。セミ、自分で歩けるよね？　自分で立ちなさい」

と言った。

「無理だよ。俺が抱いていくから」

「もうこの子を甘やかさないで」

「セミは倒れたんだぞ」

「ただの貧血よ。いちいち大騒ぎしないで」

「何言ってる。声が出なくなったんだぞ」

「こんなことくらいでいちいちライブ中止してたら、プロとしてやってけないよ。セミにはもっと強くなってもらわなきゃ。ほら、自分で立ちなさい。いつまでも博雅には甘えられないんだからね」

もうおまえなんか他人だ、とでも言いたげな逆髪の態度に、博雅は深く傷ついた。こういうときに蟬丸を突き放すのは彼のやり方ではなかった。こういうときこそ思いきり甘やかしてやるのが彼一流の流儀だった。

「俺の結婚のこと、怒ってるのか」

「そんなの関係ない」

「ガミこそ何だ、あの演奏は。あんなふうに無茶苦茶に突っ走るから、バンド全体の音がグチャグチャになって、セミが調子崩したんじゃないのか」

「ああそう。あたしが悪いの。全部あたしが悪いんだ！」

逆髪は怒りにふるえ、ギターケースを壁に向かって叩きつけた。完全に髪の毛が逆立っている。まるで子供の頃のすさまじい癇癪のようだ、と博雅は思った。

「やめろ、楽器ケースをそんなふうに扱うな！」

「偉そうにいつまでも保護者面して説教しないでよ！　あんた一体何様のつもりよ！　ただの他人のくせに！　親でも親戚でも友達でもないのに、うざいんだよ！」

次の瞬間、博雅の手が逆髪の頬を打っていた。

「ただの他人だと？　よくも俺に向かってそんなことを……もういっぺん言ってみろ！」

「他人でしょ？　ただの父親の弟子でしょ？　家族だとでも言いたいの？　笑わせないでよ！　何がトリオの絆よ！　あんな言葉であたしたちを騙して、家族みたいなふりして、ふざけんな！」

逆髪は殴り返そうと博雅に向かってきた。その前に立ちはだかって博雅を守ろうとしたのは、満身創痍の蟬丸だった。彼が声にならぬ声を上げると、唇からヒューヒューというたよりない息が漏れるだけだった。

「何やってる。タクシーが待ってるぞ」

異変を察した奥寺が入ってきて、逆髪と博雅の間に割って入り、馴れ馴れしく蟬丸の肩を抱いた。

「セミ、おいで。病院へ行こう」

「セミに触るな！　俺が抱いていくんだ」

「あんたは花嫁でも抱いてろ。婚約者のお嬢さんが面会にお見えだよ」

「何だって？」

　廊下の人だかりの先に、途方にくれた顔つきの慶子が花束を抱えて立ちすくんでいた。前日に京都で演奏会があるから、大阪のライブには顔を出すかもしれないと彼女が言っていたことを博雅は今になってようやく思い出した。その隙に蟬丸は奥寺と逆髪に付き添われて楽屋を出て行き、タクシーに乗り込んでしまった。

「何だか間の悪いところに来ちゃったみたいね」

　博雅が茫然と立ち尽くしていると、慶子が近づいてきた。

「よりにもよって、最悪のステージを見られちゃったな」

「ひょっとして今、修羅場だったかしら？」

「聞こえてたのか？」

「報われないわね、ヒロ。あんなにあの子たちに尽くしたのに」

「いや、俺が悪いんだ」

「もうやめなさいよ。バンドの人気も出てきたし、そろそろ手を引いてアレンジに専念してもいい頃だわ」

「そうだな……でもあの男には預けたくないんだよ。ジュピターミュージックには」

「神崎音楽事務所の神崎社長と連絡が取れたわよ」

「ちょうど今夜大阪にいるの。梅田のウェスティンに滞在してるから、十時以降なら時間を作ってくださるそうよ。蝉丸バンドのこと、ぜひ前向きに検討したいって。会いに行ってくれば？」

「えっ、本当に？」

「ああ、ありがとう。そうするよ」

「わたしも一緒に行く？」

「いや、ひとりで大丈夫。すまないね、せっかく来てくれたのに、すれ違いになっちゃったな」

「いつものことですから。以上、伝言終わり。じゃあ、わたしは最終の新幹線で東京に帰るわよ。引越しの片付けが延々と終わらないの」

「本当にごめん。あとで電話するよ」

神崎音楽事務所はクラシックとセミクラシックのアーティストを中心にタレントを抱える音楽プロダクションで、こぢんまりとした所帯だが人材のユニークさと着実な仕事ぶりで業界では確固たる評価を得ていた。アーティストに敬意を払い、その才能にリスペクトを抱かない相手との仕事は決して受けず、あまりがつがつ稼ごうとしない姿勢が博雅は気に入っていて、もしバンドを誰かに預けるならここが一番ふさわしいと思っていた。社長の神崎氏が慶子の高校時代の同級生と結婚していることがわかり、そのつてを頼って接触を図り、意向を打診していたのだった。

ライブハウスの後始末を終えてから奥寺の携帯にかけて様子を尋ねると、蝉丸は過労もあって点滴を受けることになり、一晩入院することになったという。

「声帯に異状は？」

「問題ない。ただの過労とストレスのせいだろうとさ」

「これからそっちに行きます」

「もう眠ってる。今夜はガミがついてるそうだ」

「では明日の朝、迎えに行きます」

電話を切ると、博雅はタクシーを拾って梅田のウェスティンホテルに出向き、神崎社長との面談に臨んだ。

神崎社長は想像していたとおりの人物だった。蝉丸が倒れたことを知っていて、開口一番、

「蝉丸くんの具合は大丈夫ですか？」

と案じてくれた。名刺を交換し、一通りの挨拶を交わしたあとで、社長は手放しで蝉丸の声を絶賛した。

「まだCDでしか聴いたことはありませんが、とても色気のあるすばらしい声です。我々はもう決してカストラートの声を聴くことはできないわけですが、伝説的なカストラートの往年の声とはああいう声だったんじゃないかという気がしますね。何より逆髪

さんの曲も、宮本さんのアレンジも、隅々まであの声の特質を知り尽くしていて、徹底的にあの声を生かすために仕事しているのがいい。なぜもっと早くうちとご縁ができなかったのかと思いますよ。ジュピターさんのご意向でしょうが、今回のツアーはあまりに過密スケジュールなのではありませんか？　あの喉はぜひ大切にしなくては。あれほどの才能は、絶対に酷使して使い潰してはなりません」

とまで社長は言ってくれて、博雅を感激させた。社長との話は仕事の話から音楽全般の話に移り、そうなるといくらでも話題が尽きなかった。これまで聴いてきた音楽の趣味も、仕事に対するヴィジョンも、二人はとてもよく似ていた。人間的魅力に溢れ、経営者としての品格も申し分なかった。丁寧に人生を生き、丁寧に仕事をして、丁寧に音楽を聴いてきた人だと思った。この人なら蝉丸のことをわかってくれるに違いない、そして蝉丸もこの人を信頼して心を開くだろう、と博雅は確信した。

「蝉丸くんは宮本さんの宝ですね。家内からも聞いていますが、子供の頃から手塩にかけて音楽の手ほどきをされたとか？」

「はい、かけがえのない宝です」

「あの歌声は天性のものだけではありません。誰かが精魂傾けて大事に大事に磨き上げた賜物《たまもの》です。その二つがあわさって初めて珠玉となるんですね。その尊さを、私はよくわかっているつもりです」

「おそれいります」

「東京か横浜のステージを拝見します。そのうえでお二人とお目にかかってから、正式なお話をさせてください。あなたの大切な宝をもし預からせていただけるようなら、事務所としてできるだけのことをさせていただきます」

「ありがとうございます。どうぞよろしくお願いいたします」

「こちらこそ数あるプロダクションの中からうちにと見込んでいただいて、本当にありがとうございます」

博雅は心から安堵してウェスティンホテルを後にした。これであの二人に、プロとしてやっていくための道をつけることができた、と思った。バンドのことはあの人に任せ、自分はアレンジャーとして曲作りにのみ関わっていく。蟬丸とも逆髪とも今後は純粋に音楽の面だけで関わっていけば、余計な摩擦を引き起こすこともないだろう、と博雅は考えていた。

このまま蟬丸の至近距離にい続けたら、自分の気持ちはどうしようもなくエスカレートして、いつか爆発してしまう。それは逆髪も同じだろう。ツアーのせいでそれがわかった。考えてみればこんなにも四六時中そばにいたことなどなかったのだ。だから距離をおくことにした。ヒートアップした気持ちをクールダウンさせ、元通りの三人に戻るために。音楽だけで結ばれた美しいトリオの絆を取り戻すために。

外に出てタクシーを拾うと、泊まっているビジネスホテルの名前を告げた。病院で点滴を受けている蟬丸のことが気になって、ひと目顔を見に行きたくてたまらなかったが、もう深夜の一時に近かった。逆髪がついているなら心配ない、やはり明日の朝にしておこう、と博雅は思い、目を閉じた。そしてそのまま、慶子への電話も忘れて、眠りに落ちた。

博雅は夢を見ていた。アンコールワットを蟬丸と二人で歩いている夢だった。新婚旅行のように仲睦まじく、二人はぴったりと寄り添っていた。だが博雅が遺跡の壁画に描かれたデヴァターを夢中になって眺めているほんのわずかの隙に、手を離してしまい、蟬丸の姿を見失ってしまった。遺跡はとても広く、観光客はあまりに多い。博雅は蟬丸の姿を探し求めて、遺跡のなかを狂ったように歩き続けた。セミ……セミ……蟬丸……。声を嗄《か》らしていくらその名を呼んでも、返事はない。ペットボトルの水を落とし、ガイドブックを落とし、帽子を落とし、ハンカチを落とし、汗だくになりながら、博雅は朦朧とした足取りで歩き続けた。暑さと疲れのためにゆっくりと意識が遠のいていく。

彼がようやく愛しい少年を見つけたのは、疲れ果てて座り込んだ日陰の回廊の、ひんやりとした壁画の中だった。夥《おびただ》しく描かれたデヴァター（舞姫）たちのあいだにまぎれこんで、歌姫となって彼女たちの群舞を先導し鼓舞しながら歌を歌っていた。その高揚の一瞬が、冷たい石の壁の中に切り取られ、永遠に刻み込まれていた。

「こんなところにいたのか……そこは涼しいだろう、セミ……そこで永遠に歌っているのか……でも俺には聞こえない……おまえの歌が聞こえないよ……」

博雅は壁画の中の蟬丸に頬ずりして、涙を流した。自分も壁画の中に入ろうとして、手や頭を石の壁にこすりつけた。

セミ、と叫んで、博雅は泣きながら目を覚ました。まだタクシーの中だった。それは現実よりもくっきりとした、奇妙にリアルな夢だった。アンコールワットへ行ったこともないのに、亜熱帯のジャングルのただなかに天空の城のように浮かび上がる壮麗な遺跡群や、そのなかを蟻のように這い回る観光客の群れや、容赦なく照りつける灼熱の太陽や、湿気を含んだ埃っぽい空気などが、たった今そこにいたかのようにありありと感じられるのだった。そして、蟬丸を見失ったときのあの逼迫した喪失感。もう二度と会えないのではないかという恐怖感。壁画の中に彼を見つけたときの絶望の深さまでも、息苦しいほどの圧倒的な現実味を帯びて襲いかかり、刺すように胸をしめつけるのだった。なんともいえない胸騒ぎがして、体じゅうにいやな汗をかいていた。

あれは一種の予知夢だったのだろうか、と博雅は後になって何度も思い返すことになる。蟬丸が本当に彼の前から姿を消してしまったあとになって、何度も何度も、あの悪夢の夢を超えた説得力について考え、細部に至るまで反芻し、どこかに読み取るべきメッセージが潜んでいはしまいかと、空しい検証を繰り返すのだ。

8

翌日になると蟬丸の声は元通り出るようになったが、大事を取って博雅は地元ラジオと雑誌の取材をキャンセルした。翌々日の名古屋のステージを無事終えると、やはり一切の取材を断って蟬丸の休息を最優先にし、東京公演のために万全を期した。

逆髪はあの激しい反抗の一件のあとは、不気味なほどおとなしくなり、博雅に食ってかかることもなくなって、ステージも淡々と務めているように見えた。蟬丸は以前のように博雅に笑いかけてくれたが、まったく屈託なくというわけにもいかず、多少のぎこちなさがついてまわった。その不自然な笑顔を見るたび、博雅は胸に錐《きり》で小さな穴が開けられるような痛みを覚えたが、やはり彼にとってみれば裏切り行為にあたることを自分はしてしまったのだから、その笑顔からぎこちなさが消えるのには時間がかかるだろうと思っていた。

東京公演の日は蟬丸の二十歳の誕生日にあたっていた。関係修復にはいい機会だった。何か一生忘れられないようなプレゼントをと博雅は頭を絞ったが、どうしても思いつかず、本人に尋ねたのである。

「あのとき五歳だったセミが、二十歳になる。親代わりとしてこんなに嬉しいことはない。俺にできる範囲でどんなプレゼントでも奮発してあげるから、何でも言ってごらん。一生に一度のことだから、何でもいいよ」

「博雅さんはもう、こんな素敵なバンドをぼくにプレゼントしてくれたじゃない。他には何もいらないよ」

「俺はもっともっとセミにいい歌を歌ってほしいし、そのためにもっともっと幸せにしてやりたいんだ。幸福の記憶は歌に艶を与える。たとえばそんな思い出を贈らせてほしい。あとから何度でも思い出して、つらいときに笑顔を取り戻せるような。それさえあれば、人生もまだ捨てたもんじゃないって思えるような」

それは博雅の精一杯の愛の言葉だった。彼は蝉丸に研ぎ澄まされた孤独ではなく、幸福の記憶の断片を燃料にしてこれからの長い人生を歌い続けていってほしかった。この手で直接抱きしめてやることはできなくても、何らかの火を熾《おこ》して遠くからその生をあたためてやりたかった。たとえば愛を後ろ手に隠して、それと気づかせぬまま、愛を貫く方法はないか。博雅はそんなことを考えるようになった。

「それならひとつ、思い描くイメージがある。もしそれがかなったら、一生忘れられない贈り物になるだろうな」

「何だろう？」

「特別な場所で、特別な人と、初体験を迎えたい」

蝉丸は少し照れながら、だがはっきりと博雅の目を見つめて言った。それはおそらく蝉丸が与えてくれた唯一の、最初で最後のチャンスだったろう。姉のために想いをつうじあうことを自らに厳しく禁じた彼が、たった一度、博雅に扉を開いてくれたのだ。それなのにほんの一瞬ひるんだせいで、博雅はその目を、その覚悟を、受け止めそこねてしまった。卑怯にも目を逸らし、曖昧な微笑を浮かべてごまかした。そして結果的にはそのために、彼を永遠に失うことになったのである。

「なんてね、嘘だよ。そんなふうに初体験しちゃったら、一生ひきずって重過ぎるよね。そのへんで適当な相手と済ませたほうがいいよね、きっと。童貞なんか、ゴミでも捨てるみたいにさ。そうだ風俗とかでいいや。プレゼントは風俗でよろしく」

蝉丸は博雅の苦悩を敏感に察してわざと軽口をたたいた。博雅は今まさに飛び立っていった小鳥の背中に向かって、虚空に向かって手を伸ばした。

「きいてもいいか。特別な場所って？」

「アンコールワット」

「なぜそんなに特別なの？」

「写真集で見たんだけど、壁画にいっぱいデヴァターが描かれてるでしょう。女神？　舞姫？　ぼく、あの人たちが大好きなんだ。かわいくて、品がよくて、ちょっとエロティックで、やさしい微笑を浮かべてて。ぼくもあんなふうでありたい。歌うときはいつもあの人たちの表情を思い浮かべるんだよ。それくらい好き。もしかしたらぼくの前世はクメール人の女官か踊り子か歌い手だったのかもしれないと思うよ。だから、遺跡も好きだけど、あの人たちに会いに行きたかったんだよね、ずっと」

ああ、あの魅惑のデヴァター。クメールの神秘。石の中に閉じ込められた謎めいた微笑。博雅は先日の悪夢を思い出して背すじが寒くなった。

「それは知らなかったな。セミがアンコールワットにそんな思い入れがあったなんて」

「写真集の中にね、ぼくのお母さんによく似たデヴァターが一人いたんだよ。だからよけいに思い入れがあるのかもしれないけど。あの人たちは顔も衣装も装飾も一人一人全部違うんだってね。それぞれ実際のモデルがいたんだって」

蝉丸が博雅の前で母の話をしたのはおそらくこれが初めてだった。礼子さんの死に顔を、博雅はいまだに忘れることができない。

「きみのお母さんはとてもきれいな人だった。セミはそのデヴァターに会いたいだろうな」

「毎年春分の日と秋分の日には、三本の塔の中央から太陽が昇るんだって。それも見てみたいなあ。すごいよね、あんなに昔の人が、そういうことちゃんと考えて設計してたなんて」

博雅は、静かに、わかった、と言った。そこまで言われて、願いをかなえてやれなかったら、男ではない、親代わりでもない、ましてやこの子を愛する資格などない。

「わかった。一緒に行こう。アンコールワットへ」

「えっ、でも、新婚旅行で行くんでしょ。ぼくはいいよ」

「二回行けばいいだけのことさ。彼女と行ったあとで、セミとも行く。それなら何の問題もない」

「そんなのいやだ」

蝉丸がこんなにはっきりと拒絶の言葉を口にするのはとても珍しいことだった。

「その思い出はぼくとだけ共有してほしい。言ったでしょう、ぼくは九十九パーセントじゃいやなんだ。あなたが新婚旅行で行った場所になんか、そのあとでぼくは行きたくない。だからもういいよ。忘れて」

考えるまでもなく、蝉丸の潔癖さからしたらそれは当然のことだった。博雅は自分の厚顔さと狡さにつくづく嫌気がさし、彼の求める愛が自分よりはるかに純度の高いものであることを痛感した。かといって、新婚旅行の旅程からアンコールワットをはずしてベトナムとタイに絞ることはできなかった。慶子がどこよりも行きたがっているのはやはりアンコールワットだったからだ。博雅が蝉丸と二人でアンコールワットへ行くためには、結婚そのものをやめるしかなさそうだった。

しかし、神崎社長に引き合わせてくれた恩を考えても、これまでの経緯を考えても、そんなことは口が裂けても言い出せるわけがなかった。もう一度結婚を延期すれば、彼女とは完全に縁が切れるだろう。実家の両親も激怒して、親子関係も修復困難なほどこじれてしまうだろう。彼が蝉丸の愛を得るということ、それはこれまで築き上げてきた人間関係や社会的信用を犠牲にして蝉丸だけを選ぶということだった。そこには当然、逆髪も含まれる。逆髪を失えば、バンドの存続すら危うくなるのだ。

それきりこの話は立ち消えとなり、もやもやとした気分を残したまま東京公演を迎えた。一度だけ開かれた扉はいっそう頑なに閉じられ、以後二度と開かれることはなかった。人一倍やさしくて高貴な魂を持つ人間のプライドを決定的に傷つけてしまったらどういうことになるか、博雅はあとになっていやというほど思い知らされることになった。

　終演後、楽屋でバースデーケーキを切り分け、みんなでハッピーバースデーを歌って
ささやかなお祝いを済ませると、蟬丸は祐二たちと一緒に新宿の街へ繰り出した。奥寺
は誕生祝にロレックスをプレゼントしたにもかかわらず今夜の食事をあっけなく蟬丸に
袖にされたらしいという噂が博雅にも伝わってきた。食事を断られたのは博雅も同じこ
とだった。
「せっかく東京にいるんだから、婚約者とデートしないとまずいんじゃないの？」
　という棘のある言い方をされて、博雅には返す言葉がなかった。なかなか予約の取れ
ない店なのでキャンセルするのももったいなく、逆髪を誘うことにした。神崎音楽事務
所への移籍について話しておく必要があったので、ちょうどよかった。逆髪はその事務
所の評判を聞きつけていて、
「あそこなら知ってる。うちには合ってるかもね。少なくともジュピターよりは」
　と言ってくれたので、博雅は内心ほっとしていた。
「聞き分けてくれて、ありがとう。実はちょっと心配だった。また裏切り者扱いされた
ら、俺は悲しくて生きていけない」
「でもセミはどうかな。たぶんすごく傷つくんじゃないかな」
「セミのためを思ってすることだ。彼ならいつかきっとわかってくれる」
「あの子は博雅がほんの少しでも手を離したら、風船みたいに飛んでいっちゃうわよ。

あたしと違って、やさしすぎて脆すぎる、かすみ草みたいな男の子だから」

「手を離すつもりはないよ。これからだってずっとアレンジはするんだし、これまでと同じように一番近くにいるつもりだ。ただ蟬丸トリオの基本形に戻るだけだよ」

「トリオは、もう解散してくれる？　あなたは別の人とデュオを組むんだから」

「やっぱり結婚のこと、怒ってるのか」

「怒る権利はないけど、ショックを受ける権利くらいはあると思う」

「ごめん」

「謝られても、どうかと思うけど」

「これだけは聞き分けてくれないんだな」

気高い王女のような強い瞳が、博雅を真っ向からじっと見据えていた。運命からどんなに理不尽に打ちすえられても、果敢に立ち向かっていくときの激しい意志を秘めた瞳だった。子供の頃からよく見慣れた、最も彼女らしい顔つきだった。博雅は彼女のその顔が好きだった。

「そんな顔するな。俺はガミのその目に弱い。でも、どうにもしてあげられないこともある」

「その人のどこが好きなの？」

「俺の邪魔をしないところ、かな。空気みたいに何も主張しないで、俺をほっといてくれるところ。こんなこと言うのは狡い大人みたいで嫌なんだけど、恋とか愛とかとは違うんだよ、結婚は。たぶん、ただの必要だ。旅行に行ったとき、ひとりでレストランに入るのがつまらないから、するんだな。あるいはゴールデンウィークや年末年始にずっとひとりでいるのがいやだから。俺は孤独に耐えられない、情けない男なんだよ」

「それで、心の底では別の誰かを想い続けるの？　父親みたいに」

「先生は……きみのお父さんは、確かにたくさんの女の人が必要だったね」

「でもあの人が心の底では誰を想っていたか、あたしにはわかってた。博雅も自分でわかってたよね？」

　ワインを注ごうとする手が、すこしふるえた。この稀代の反逆児はその鋭い牙で俺に襲いかかろうとしているのか。俺のぬるま湯のような結婚を許せずに、蝉丸とはまた違うやり方で、俺の息の根を止めるつもりなのか。博雅は深い溜め息をついた。

「何が言いたいんだ？」

「博雅は父親と同じことしてる。女と寝ながら、ひとりの男を想ってる。あなたが結婚することより、あたしはそのことが一番許せない。セミのために、許せないよ」

　その言葉は、博雅を一撃で凍りつかせてしまった。鎧を身につける前に思いもよらぬところから弾が飛んできて、いきなり致命傷を被ったような感じだった。博雅は言葉を失い、それに続く感情を失った。虚飾に満ちた仮面を剝ぎ取られて、その下にある薄いぺらぺらの地顔に何の人間味も宿っていないことを暴露されたような気がした。

「あたしのかわいそうな弟は、今頃風俗で童貞を捨てているか、好きでもない男とホテルに行ってるわ。あとで死ぬほど後悔するからやめろって言ったのに、毒でも飲み込むつもりでそんなことするのよ。自分を薄汚れた水に浸して、血を腐らせたいのよ。あなたに愛されている分、あたしよりあの子のほうがずっとかわいそうだわ」

「きみたちは不思議なきょうだいだ。自分の幸せより、相手のことばかり思いやってる」

「あたしたちは、あなたとは違う。孤独に耐える力を身につけなければ、とても生きてはこられなかった。誰かを愛しても、愛されることまでは望まないの。お嬢の博雅にはわからないだろうけど」

「そうだね。わからないよ。こんなお嬢なやつのことなんか忘れて、早く誰かと幸せになってほしい。男を振ってばかりいないで、たまには誰かにぬくぬくと愛されてみろよ。音楽は人に愛を与える仕事だ。尖ってばかりいてはいけない」

「それ、子供の頃にも言われた。音楽は人に愛を与える仕事だって。でも父親は、あんなふうに死んだ。あたしと弟にも同じ呪われた血が流れてる」

「先生の音楽と思い出は、俺の人生をずっと支えてくれているよ。きみたちを音楽の道に導くことも、俺の生きがいだった。でももうセミも二十歳になったことだし、音楽教師の任を解いてもらってもいいだろう。望みどおりトリオは解散しよう。今日かぎりもう保護者面はしないよ。十五年間、とても楽しかった。ありがとう」

こんな話をしたあとでは、とても慶子の待つ新居に帰る気にはなれなかった。博雅がいま切実に会いたいのは、亡き恩師だけだった。もう夜の十時をまわっていたが、博雅は由井の好きだったウイスキーの瓶を買って、大田区にある寺へ墓参りに行くことにした。以前にも一度、夜中に発作的に忍び込んで話をしに行ったことがあったから、どこから忍び込めるかはわかっていた。

「先生……お久しぶりです」

供えられる花もなく、線香一本立っておらず、墓はずいぶん荒れ果てていた。蜘蛛の巣を払い、雑草を抜いてから、墓石にウイスキーを半分ほどかけ、残りを自分でラッパ飲みしながら話しかけた。

「先生、あなたの蝉丸が今日、二十歳になりました。ええと、この前はどこまで話しましたっけ……そうだ、バンドを作ったところまででしたね。蝉丸バンドは順調にやっています。全国ツアーの途中で東京に来たので、ご報告に伺いました。すごいでしょう、全国ツアーですよ。彼のカウンターテナーには少しずつ熱心なファンがついていましてね、セカンドアルバムの売れ行きもまずまずです。逆髪がいま、サードアルバムのための曲を書いています。二人ともすっかり大人になって、憎まれ口をきいたり、僕を批判したり、急に色気づいたりして、僕は毎日楽しく振り回されていますよ。

ええ、今日は少し酔っ払っているんです。なぜかって、セミのことが気がかりなんですよ。あいつ、二十歳の誕生日に童貞を捨てるつもりで新宿へ行ったんです。相手は男か女か？　さあ、それがわからない。彼はどちらかというと女よりも男にもてるみたいですね。バイセクシュアルだったあなたの血を見事にひいてしまいましたね。ねえ先生、あなたは本当に男とも寝ていたんですか？　噂だけじゃないですか？　女とはたいして好きでなくても寝られるのに、本当に好きな男とは寝られないものですよね。これはなぜなのでしょうか？

だから僕は、蝉丸の初体験の相手は女じゃないかなと予想してます。先生はどっちだと思いますか？　男ですか。いいですよ、賭けましょうか。じゃあ先生が勝ったらシングルモルトをもう一本、どこかから調達してきましょう。僕が勝ったら、そうですね、天国から念を送って、来月の二十日に大荒れの天気にしてください。そしてすべての飛行機が欠航するようにして、僕を新婚旅行に旅立たせないようにしてくれませんか。僕がアンコールワットへ行けないように。いつか本当に大切な人と行けるように。

あ、申し遅れましたが、僕、結婚することになりました。先生は覚えていらっしゃるでしょうか、ヴァイオリン科の慶子です。ミュージカルやってた子とはもうとっくに別れたんですよ。長年のしがらみっていうんでしょうか。生涯独身を通してもよかったんですけど、親がどんどん年取ってきて、僕も彼女もやっぱり年取ってきて、一緒に年取っていく伴侶がいないと、四十代からの人生後半を持ちこたえられないような気がして。情けないことですが、朝の味噌汁がしみじみ恋しい男になってしまいましたよ。そんなみっともない顔を見せられるのは、彼女の前だけなんですよね。結局のところ僕は見栄っ張りの通俗極まりない男なんですよ。

いいえ、めでたくないんです全然。そのおかげでもう針のむしろですよ。蝉丸からも逆髪からも逆襲されちゃって、つらいのなんの。男手ひとつで子供を育てていたお父さんが再婚したら、こんな感じなんですかね。いつかあの子たちが嫁に行ったり、嫁を貰ったりする日がきたら、僕もぐれちゃって泣き喚《わめ》いて大変なのかもしれません。つらすぎて、とても生きていけないかもしれない。

だからね先生、今日かぎり親代わりの役目は返上させていただきます。十五年間、頼りない親代わりでしたけど、とても楽しませてもらいました。はらはらしたり、どきどきしたり、一緒に泣いたり、自分の人生が倍になったような濃密な十五年間でした。ほんの少しでも親の気持ちを味わわせてくださって、どうもありがとうございました。こんな贅沢な喜びを僕に譲って天国へ行かれた先生は、どんなにか無念だったでしょうね。だってあの子たちはあんなにも小さかったんですから。子猫みたいに頼りなくて、柔らかくて、二人でいつもくっついていて……あの小さな二人を思い出すと、僕はもう駄目なんです。すみません……ちょっとだけすみません……もう年ですかね、涙腺がゆるくなっちゃって……」

博雅は夜更けの墓地で手のひらを口に押し当てて泣いた。涙の滴が墓石に飛び散ると、涙の香りが酒の香りと混じりあい、さらに夜気の匂いと溶け合って、懐かしい恩師の芳香につつまれるかのようだった。

蟬丸が博雅の前から姿を消したのは、その同じ夜のことだ。

一緒にいた祐二や他のメンバーの話によれば、こういうことだった。蟬丸がどうしても今夜童貞を捨てたいと言うので風俗へ連れて行こうとしたところ、相手は男のほうがいいという。それで相手を見つけるべく二丁目のゲイバーへ繰り出した。最初に入った店でしつこく絡んできたファンがいて、まったく蟬丸がなびかなかったのでキレたその客が蟬丸のことをカストラートと呼び、本当に去勢してないなら証拠を見せろと言い出した。ファンだと思って我慢に我慢をしていた蟬丸が、その男と仲間たちにトイレに連れ込まれてズボンを下ろされかけた段になって祐二がビール瓶でその男の頭部を殴りつけ、それをきっかけに店の中が大乱闘騒ぎになってしまった。気がついたときには蟬丸がいなくなっていたという。博雅が祐二からの電話でこの事件のことを知ったのは、新居に戻ってベッドにもぐりこんだ時刻だった。

ファンにかなりの怪我を負わせ、店の人間が警察を呼んだことで、その夜のことは「蟬丸バンドのメンバーが暴力事件」と小さな記事になり、そのうえ蟬丸本人がそれきり行方をくらましてしまったために、その後のツアーは中止にせざるをえなかった。蟬丸自身も顔と手にひどい怪我をしていたというので博雅は周辺の病院を血眼になって探したが、彼はどこにもいなかった。逆髪の言うように、彼が手を離した途端に風船はどこかに飛んでいってしまったのだ。

「カストラートと呼ばれることをあの子は一番いやがっていたわ。あんなことされたら、祐二がたとえ手を出さなかったとしても、弟は自分でそいつを殺そうとしたかもしれない。かすみ草みたいに弱くて儚い男の子でも、なけなしの、たったひとつの名誉を守るためになら、一線を越える勇気は持っていたのよ」

と言って、逆髪は祐二をかばった。

それからの博雅の生活のすべては、蟬丸を探すことに費やされた。新居には移ったものの入籍も新婚旅行も延期し、仕事がまったく手につかなくなった。やがて逆髪とも連絡が取れなくなり、蟬丸バンドは事実上の解散に追い込まれることになった。博雅はうつ病と診断され、心配した慶子の勧めによってカウンセリングにかよいはじめたが、ほとんど何の助けにもならなかった。

そのようにして何の手がかりも得られないまま一年が過ぎ、博雅は興信所を二つに増やしてさらに探し続けたが、やはり有力な情報は得られなかった。蟬丸も、そして逆髪も、まるでこの世界から「忽然と」消えてしまったかのようだった。

三年目に入る頃、博雅はようやく現実を受け容れはじめた。決定的に蟬丸に捨てられたのだという苦い現実を受け容れ、心と体に馴染ませると、少しずつまたアレンジの仕事をするようになり、慶子に話しかけるようにもなっていった。それは九月に入ったばかりのよく晴れた日曜日の朝だった。もう蟬丸の夢を見ても泣かないだろうと思える、気持ちのよい一日のはじまりだった。テラスで朝食を食べながら、博雅は慶子に言った。

「丸三年遅れてしまったけど、そろそろ新婚旅行に行こうか」

「いいのよ、まだ無理しなくても。やっとお仕事を再開したところなんだし。先生からも長い旅行はきっとまだ許可が下りないでしょう」

「こないだのカウンセリングで許可はもらったよ。気分転換にはいいでしょうって、先生も勧めてくださった。僕はもう大丈夫だから」

「あら、そうなの？　それならいいけど」

「アンコールワットへ行きたいんだ。何か圧倒的な、美しいものが見たいんだよ」

「あなたがそう思ってくれるなんて、嬉しいわ。よかった。やっと元通りのヒロに戻ってくれたのね」

「長いあいだ、心配かけてすまなかったね。きみがいてくれなかったら僕はとても立ち直れなかっただろう。これからはきみと穏やかに生きていきたい。温かい家庭を作りたいんだよ」

博雅は曇りのない目で慶子を見つめ、その手を握った。彼女の顔一面に春の木漏れ日のような明るい笑みがこぼれてくるのを、こんな満ち足りた顔は初めて見ると思いながら、いつまでもじっと眺めていた。

エピローグ

ロリュオス遺跡群のバコン遺跡へガイドを連れて赴くと、あの子供はすぐに見つかった。博雅は彼に、あのｉＰｏｄはやはり壊れていたと嘘をつき、そのかわり自分のｉＰｏｄをあげよう、とガイドを通じて申し出た。だが子供は容易には納得しなかった。

「あのきれいな女の人の歌をもう一度聴きたい、と言っています。前のｉＰｏｄを返してほしいと」

ガイドが通訳すると、博雅は思わず、

「坊や、あれは女の声じゃない。カウンターテナーといって、男の人の声なんだよ。蟬丸という人が歌ってる」

と正さずにはいられなかった。

「僕のｉＰｏｄにも同じ声の歌が入っているよ。昔のアルバムの声だけどね。ほら、聴いてごらん」

子供に蟬丸バンドのファーストアルバムの曲を聴かせると、子供はようやく顔を輝かせて、本当にこれもらっていいのか、という表情をした。

「いいよ、きみにあげる。ところできみはあのｉＰｏｄを落とした人を見たの？」

ガイドが訳すと、子供はこくりと頷いた。

「どんな人だった？」

「男の人で、日本人だったと言っています」

「若い人だった？」

「きれいなお兄さんだったそうです」

「二人だった？　誰かと一緒だった？」

「一人だったそうです」

「それはいつ頃だった？」

「三、四日前だったと言っています」

「その人、こんな人じゃなかった？」

博雅は携帯から蟬丸の写真を選び出して子供に見せた。子供はじっと眺めていたが、首をかしげて突き返してきた。

「よくわからないそうです。日本人の顔はみんな同じに見えるって。でも似ているかもしれないと言っていますが……子供の言うことですから、どうでしょうかネ」

「わかった。どうもありがとう」

博雅は子供にチップをはずみ、ガイドとともに運転手の待つ車に戻った。

「ミヤモトさんは本日のご予定はどうなさいますか？」

「僕はもう観光はしない。彼女がどこかへ行きたがったら、案内してやってくれませんか」

「ミヤモトさんはお疲れですネ？」

「この写真の人がまだアンコールワットにいるかもしれない。僕はどうしてもこの人を探さなくてはならないんです」

「それはとても難しいですネ。日本人とても多いです。みんなツアーで来て、そしてすぐ帰ってしまいます。ミヤモトさんのように一週間もいる人少ないです」

博雅はふと、手がかりになりそうなことを思いついてたずねた。

「今年の秋分の日はいつ？」

「九月二十三日、三日前ですネ。サンライズにお誘いしましたが、早起きは苦手だと仰いましたよ」

そうだ、きっと蟬丸は、秋分の日に中央の塔から上る太陽を見に来たのだ。あんなにも見たがっていたのに、同じ日にアンコールワットに来ていながら、なぜそのことを自分は思い出しもしなかったのだろう。博雅は自らのうかつさに舌を嚙み、地団駄を踏みたい気分だった。

「この人を案内しなかったか、ガイド仲間にきいてみてくれないか」

「はい、わかりました。まだシェムリアップにいればいいですが……」

ホテルに戻ると、「プールにいます」という慶子のメモがあった。行ってみると彼女はプールサイドのデッキチェアに寝そべって本を読んでいた。

「ガイドと車が表で待ってる。どこかに行きたいなら、案内してもらえば？」

「あなたはどうするの？」

「僕は蝉丸を探すよ」

「あのｉＰｏｄを落としたのが本当に彼かどうかもわからないのに？」

「僕は彼だと思う」

「探すって、一体どうやって？」

「わからない。でもまだこの街にいる可能性はある。遺跡のどこかに行けば、いるかもしれない。夜は日本人の集まりそうなゲストハウスをしらみつぶしに当たってみるつもりだ」

「こんなにたくさん遺跡があるのに、今日一日で見つかると思ってるの？」

「残りの滞在中、ずっと探し続ける」

「もし見つからなかったら？」

「申し訳ないけど、ベトナムとタイへは一人で行ってほしい。僕は見つかるまで彼を探すから」

「それでも見つからなかったら？」

「見つけるまで日本へは帰らない」

慶子はため息をつき、サングラスをはずして、彼を見つめた。

「あなたは忘れてるかもしれないけれど、私たちは新婚旅行に来てるのよ。自分が何を言ってるか、わかってる？」

「もちろん、わかってるよ」

博雅は彼女の前に跪《ひざまず》き、左手の薬指にはめた指輪をはずして、彼女が読んでいる文庫本の上に置いた。

「ふざけないでよ！」

彼女は押し殺した声を出して指輪をプールに投げ捨てた。陽光にさざめく金色の水面に、光のかけらのような指輪が弧を描いて音もなく吸い込まれていった。

「許してくれ。僕はきみとは結婚できない」

「彼を愛してるのね？」

「彼は僕のすべてだ」

それだけ言うと、一度も振り返らずに、博雅はプールを出て行った。


ホテルのまわりにたむろしているバイクタクシーを一人雇って、博雅は蟬丸を探しはじめた。それはまったく勝ち目のない賭けだった。おそらく彼は母親に似たデヴァターを探し続けているに違いない。だがデヴァターは広大なアンコール遺跡のほとんどすべての壁面に描かれている。アンコールワットだけでも二千体はあると言われているのだ。

冷房の効いた車ではなく、ヘルメットなしでバイクの後ろにまたがっていると、埃と暑さと時にはスコールの雨さえも容赦なく彼の全身を打ちつけてきたが、風と一体となって走るのはとても気持ちのいいものだった。スコールのあとにははっとするほど緑が鮮やかに萌え立つことも、車窓のガラス越しからはわからない。屋台のクイティゥウやココナッツジュースがどんなに美味しいかも、高級ホテルのレストランでばかり食事していたらわからない。

自分のからだを太陽と泥水に剝き出しに晒して、汗と埃と砂塵にまみれながら走っていると、これまで自分を縛っていた常識とか世間体とかいったものから少しずつ解き放たれて、まっさらな素の自分自身に戻っていけるような気がした。そしてガイドの説明なしに心の赴くままに遺跡の中を歩いていると、驚くほどそこらじゅうに鳥の啼き声が満ちていることに彼は気づいた。鳥たちはさまざまな種類の声音で、時には刺すように鋭く、時にはアリアのようにやさしくどこででも歌っていた。蟬丸もこの音楽を聴いただろうか、と思いながら、博雅は彼が見つめ撫でたかもしれないデヴァターを食い入るように見つめて歩いた。その中に歌姫となった蟬丸がまぎれこんでいないか、そこで彼が自分を待ってはいないか、心の眼を開き、その手で触れながら、気が遠くなるほど何時間も何日もさまよい続けた。

文庫版あとがき

この作品集は、『弱法師《よろぼし》』（文春文庫）に続く現代能楽集シリーズの第二弾になります。『ケッヘル』を書こうとして書けないでいたとき、編集者に責め立てられ、追い詰められて、苦し紛れに書きはじめたのが能楽をモチーフにした短篇でした。原曲のテーマとストーリーを大枠で遵守しつつ、舞台を現代に置き換え、自分なりの解釈で新しい物語を編み直すという作業は思いのほかわたしにあっていたらしく、「弱法師」「卒塔婆《そとば》小町」「浮舟」の三篇が立て続けに生まれました。それは制約の中に自由を見いだすという逆説的な短歌の世界のやり方と通じるものがあったように思います。短歌においては定型という枠組みが枷《かせ》ではなく翼になるように、原曲の存在はわたしを縛るのではなくかえってのびのびと表現の幅をふくらませてくれたのです。

もし今回の「隅田川」「定家」「蟬丸」の三篇を読んで気に入ってくださったなら、ぜひ『弱法師』のほうもあわせてお読みいただけると、著者としてはとても嬉《うれ》しく思います。

なかなか新刊をお届けできなくて、すみません。

これだけ長くスランプが続くと、各出版社にも見捨てられつつあり、もしかしたら紙の本でお目にかかるのはこれが最後かもしれません。しかし、これからはいざとなれば「Kindleで自費出版」という最終手段もあるわけで、わたしのようにたくさん書けずたくさん売れない超マイペースの作家にとっては、Kindleの登場はある種の福音となりえます。紙の本はいつか必ず(そして驚くほど早く)絶版になりますが、電子書籍の寿命はもう少し長いでしょう。絶版とは文字通り、出版社が在庫を保管する倉庫代を浮かせるために、売れ残った本を断裁機にかけてゴミにし、以後二度と印刷しないということです。精魂傾けて書き上げた自分の本がズタズタに切り刻まれ、ゴミとして燃やされる光景を思うと、作家なら誰でも我が身を八つ裂きにされるような痛みと悲しみにつつまれます。

出版社とも取次とも印刷会社とも書店とも無縁のシステムから本が生まれ、直接読者に届けられるとしたら、それはやはり革命的なことであり、魅力的なことと言わざるをえません。作家が作品を仕上げてアップロードすると、それを読みたい読者がお金を払ってダウンロードする。そこには余分なものは何も介在せず、不当な中間搾取もありません。誰かに足元を見られて自尊心を傷つけられることもありません。このシンプルな出版の形態にはもちろん、チェック機能はどうするのか、作品のクオリティはどのように保証されるのか、など課題はまだまだ山積みであり、一朝一夕に普及するとは思えませんが、近未来の明るい可能性のひとつとして、わたしはひそかに期待しているのです。

親愛なる読者のみなさん、書店からわたしの本が消えたら、いつか電子書店で探してみてください。銀河系のように巨大な電子の密林の片隅で、小さな流れ星のようにかぼそい光を放ちながら、まだ見ぬ新しいタイトルの小説があなたに見つけられるのをひっそりと待っているかもしれません。銀河系の広大さと流れ星の儚《はかな》さを思うとき、一冊の本がそれを必要とする正しい読者とめぐりあい、さらにその胸の奥深くに届くことは、ほとんど奇跡のようなものだと思います。

わたしは心からその奇跡を願い、信じています。

いつかまた、どこかの宇宙の片隅で、あなたとめぐりあえますように。

二〇一二年十二月　京都にて

中山可穂

本書は二〇〇九年九月に小社より刊行された単行本を
文庫化したものです。

悲歌《エレジー》

中山可穂《なかやまかほ》

平成25年 1月25日 初版発行
令和7年 6月10日 8版発行

発行者●山下直久

発行●株式会社KADOKAWA
〒102-8177 東京都千代田区富士見2-13-3
電話 0570-002-301（ナビダイヤル）

角川文庫 17771

印刷所●株式会社KADOKAWA
製本所●株式会社KADOKAWA

表紙画●和田三造

●お問い合わせ
https://www.kadokawa.co.jp/（「お問い合わせ」へお進みください）
※内容によっては、お答えできない場合があります。
※サポートは日本国内のみとさせていただきます。
※Japanese text only

ISBN978-4-04-100653-5 C0193

角川文庫発刊に際して

角川源義

第二次世界大戦の敗北は、軍事力の敗北であった以上に、私たちの若い文化力の敗退であった。私たちの文化が戦争に対して如何に無力であり、単なるあだ花に過ぎなかったかを、私たちは身を以て体験し痛感した。西洋近代文化の摂取にとって、明治以後八十年の歳月は決して短かすぎたとは言えない。にもかかわらず、近代文化の伝統を確立し、自由な批判と柔軟な良識に富む文化層として自らを形成することに私たちは失敗して来た。そしてこれは、各層への文化の普及滲透を任務とする出版人の責任でもあった。

一九四五年以来、私たちは再び振出しに戻り、第一歩から踏み出すことを余儀なくされた。これは大きな不幸ではあるが、反面、これまでの混沌・未熟・歪曲の中にあった我が国の文化に秩序と確たる基礎を齎らすためには絶好の機会でもある。角川書店は、このような祖国の文化的危機にあたり、微力をも顧みず再建の礎石たるべき抱負と決意とをもって出発したが、ここに創立以来の念願を果すべく角川文庫を発刊する。これまで刊行されたあらゆる全集叢書文庫類の長所と短所とを検討し、古今東西の不朽の典籍を、良心的編集のもとに、廉価に、そして書架にふさわしい美本として、多くのひとびとに提供しようとする。しかし私たちは徒らに百科全書的な知識のジレッタントを作ることを目的とせず、あくまで祖国の文化に秩序と再建への道を示し、この文庫を角川書店の栄ある事業として、今後永久に継続発展せしめ、学芸と教養との殿堂として大成せんことを期したい。多くの読書子の愛情ある忠言と支持とによって、この希望と抱負とを完遂せしめられんことを願う。

一九四九年五月三日